AF196442

Andreas Netzler

Lieben, hoffen – und dann…?

Gedichte

© 2024 Dr. Andreas Netzler
Illustration von: Andreas Netzler

ISBN Softcover: 978-3-384-10801-2
ISBN Hardcover: 978-3-384-10802-9
ISBN E-Book: 978-3-384-10803-6

Druck und Distribution im Auftrag des Autors:
tredition GmbH, Heinz-Beusen-Stieg 5, 22926 Ahrensburg, Germany

Das Werk, einschließlich seiner Teile, ist urheberrechtlich geschützt. Für die Inhalte ist der Autor verantwortlich. Jede Verwertung ist ohne seine Zustimmung unzulässig. Die Publikation und Verbreitung erfolgen im Auftrag des Autors, zu erreichen unter: Dr. Andreas Netzler, Oytalstr. 9 1/3, 86163 Augsburg, Germany.

Inhalt

Hoffentlich

Jeder Tag fängt mit etwas Neuem an
verbunden mit einem Aufstieg - oder Niedergang
einem Sprung oder Sturz, weit oder kurz, gerade oder krumm
laut oder leise, einfältig oder weise - und erst im letzten Moment stumm
dabei vielleicht mit einem Lächeln - oder der Stille verwundeter Seelen
- doch liebend genug, um sich und anderen Kraft für den Tag zu geben?

Wunder

Jedes Leben startet als Wunder
    begleitet von Mühen und Schmerzen aus Dunkelheit und Staub
denn zuerst kommt die Geburt und der Liebe Zauber, Licht und Zunder
    wie auch manche Einengung und schon bald der Vergänglichkeit Raub
und so leuchten – und verglimmen – sichtbare und verborgene Wunder
    mal bunt und laut, grau und leise, blind oder taub
- aber deine Umarmung, dein Kuss und dein …: Die bleiben der Zunder
    für Glück, Feuer und weitere Wunder - bis zum letzten Raub.

Rede nicht drum herum

Das Alter? Gelegentlich ist es befreiend, doch oft belastend und gemein
denn es spritzt auch Verlorenheit und Schmerzen in uns hinein
und selbst nette Erinnerungen verlieren manch tröstlichen Schein
begleitet von Ängsten, wachsenden Ohren und Nasen und dürrem Gebein
und sogar manch leuchtende Liebe schrumpft zu einem flackernden Licht
wo eine zärtliche Sanftheit unter einer Erschöpfung zerbricht
während Humor und Lächeln wie Regentropfen verrinnen
mit sehnsüchtigen Blicken zurück auf ein früher starkes Planen und Beginnen
weil eine Seele wie ein altes Dach verwittert hier und da Löcher zeigt
während sich die Lebensspanne dem Ende zuneigt
- so rede nicht lange drum herum:
Die Wege werden steiler, steiniger und krumm
mit täglichem Schwund und nie mehr ganz geschlossenen Wunden
allenfalls durch Liebe noch zusammengehalten und verbunden
- wobei nie versprochen war, ein Leben würde bis zuletzt einem milden
Sonnenschein gleichen:
Kein Vorrat kann ewig reichen.

Wie du das machst!

Du hörst leise Schritte – die sonst niemand hört?
Siehst Gemeinheiten, an denen sich scheinbar sonst niemand stört?
Spürst Liebe, wo sie neben dir keiner empfindet?
Schenkst ein Lächeln, wo kein anderer die Kraft dazu findet?
Reichst deine Hand zur Hilfe, wo andere ihre Hände zurückziehen?
Und wenn Schmerz und Kummer Seelen fressen, sieht man dich nicht fliehen?
Wie kannst du so stark und zugleich gütig helfen und geben
ohne erschrocken und erschöpft wegzusehen?
Du nimmst mich in den Arm und an den Händen
und drückst mich an dich: „Jeder kann etwas schenken - um zu sich und anderen zu finden."

Gib gut acht

Jeder Tag, an dem man erwacht
schenkt neue Möglichkeiten der Lust und Liebe bis in die Nacht
im besten Fall behutsam, bereichernd, beglückend, stark und sacht
mit Kraft und Mut gegen Gier, Kälte und Würdelosigkeit entfacht
und hoffentlich ohne so manche niederträchtige Schlacht
bei der gelegentlich eine Seele eine andere kaltherzig verlacht
weil so mancher eine egozentrische Gemeinheit entfacht
- so gib auf Dich und Andere gut acht, sobald ein neuer Tag erwacht.

Faszination

Die Bilanz eines Lebens zieht vor dem inneren Auge vorbei:
Manches hat sich gefügt - und anderes zu wenig, als dass es gut sei
und so bleiben einige Zweifel und etwas Beklommenheit
neben Ängsten und Unsicherheit
auch mit einer Verlorenheit und nervösen Schreckhaftigkeit
trotz aller Lust und zeitweiliger Geborgenheit
auf all den Wegen mit Liebe, Gleichgültigkeit, Versagen, Schmerz und Einsamkeit
- und so geht ein Leben vorbei mit Lachen, Leid und Unvollkommenheit
immer wieder aufgerichtet und oft zu früh gebeugt
wobei fast jeder Tag eine eigene Faszination erzeugt.

Schwupps

Nach allerlei kräftigem Geschnatter und Geklapper
wird man zusehends schrumpeliger und schlapper
und der Lebensfaden dünn und knapp
und Schwupps - ist er auch schon ab
- was man zwar zuvor schon kommen sah
doch was hilft ein betrübter Blick in die Zukunft? Inhalt und Finale sind klar.

Wahlmöglichkeit

Man hat die Wahl: Entweder freundlich zu nehmen und zu geben
dabei sanft und behutsam zu sinken und zu schweben
sich zu öffnen und angenehm zu verweilen oder zu verwandeln
loszulassen und auch dabei liebend zu handeln
um sich immer neu zu formen und abzulegen
Frohes zu suchen und Niederdrückendes aufzugeben
um gegen Einengung und Kummer vorzugehen
und mit würdevoller Gelassenheit zu bestehen

      oder man kann möglichst viel nehmen ohne etwas zu geben
      andere übergehen, um sich als etwas Besseres anzusehen
      und sich als „größer" betrachten, damit andere „unten" wandeln
      um Schwächere wie Gegenstände zu behandeln
      angestachelt von ihren triebhaften Seelen
      denen Weisheit und Mitgefühl fehlen

- denn wir haben eine – begrenzte - Wahl
zwischen Liebe und Gerechtigkeit – oder Egomanie und manch anderer Qual.

Räuber

Herrschsüchtige versuchen wie Räuber in andere Seelen einzudringen
und mit verbaler Gewalt oder Raffinesse deren Herzen niederzuringen
um sich selbst in den Mittelpunkt zu rücken
und andere an eine Seelenwand zu drücken
denn Nazisten und andere Egomanen sind hinterhältige Räuber anderer Herzen
ungerührt von der Anderen Schmerzen
um sich auf dem Rücken anderer eine lustvolle Welt zu erschaffen
- weil in ihnen selbst leere Abgründe klaffen.

Geschenk

Jeder Tag ist ein Geschenk
werden auch mit den Tagen Muskeln schlaffer und Glieder steif und ungelenk
und verwandeln sich manch nette Hoffnungen zu erschöpften Gesellen
die als Begleiter kaum noch eine Stimmung aufhellen
denn auch Hoffnungen werden mit den Jahren müder und schlaffer
so hilfreich wie abseitsstehende Unfall-Gaffer
während Ziele und Möglichkeiten schrumpfen und schwinden
weil knackende Gelenke schmerzhaft die Seele schinden
und gar manche Liebe ermattet zu versinken droht
oder manches Herz erschöpft verroht
- obwohl jeder Tag immer noch ein Geschenk ist
was man hoffentlich keinen Moment vergisst.

Geborene Verlierer

Wir sind geboren um uns zu gewinnen
denn das ist unser Hoffen, Trachten und Sinnen
doch leider erfüllt sich diese Vorstellung keineswegs oder immer
denn zumindest am Schluss kommt es nicht nur schlimm, sondern schlimmer
sobald uns das sinnlich unvorstellbare Ende ereilt
und die Zeit uns als Wassertropfen, Luftbläschen und Erdkrumen verteilt
zwar als Grundlage für eine neue Flora und manches Getier
davon vielleicht nicht alle der Sinne fähig und kaum eine Zier
doch – wie wir - abermals bestrebt zu verweilen und neu zu beginnen
bis zum nächsten individuellen Ende und Verrinnen
alle als lebenslange Gewinner und Verlierer eben
um sich im besten Fall lustvoll den Tagen und Nächten hinzugeben
- wobei manche sagen, ein ewiges Leben würde endlose Langweile bedeuten
und wäre darum irgendwann auch ewig zu bereuen
- was aber eine Spekulation fern aller Gewissheit bleibt
weshalb sich ein Herz – nicht unvernünftig – gern dem Traum ewigen Seins zuneigt.

Möglichst oft

Liebe ist nie abgeschlossen – oder gar endgültig zu erfüllen
sondern durch Liebesmühen immer wieder neu zu enthüllen
also täglich zu erarbeiten oder überraschend zu finden
während sich Gewohntes, Verlorenes und Erwartetes auflösen und neu verbinden
mal mehr und mal weniger als erhofft
- doch immer mit einer Hoffnung: Möglichst lange und oft.

Floß

Ohne die Kraft der Liebe und ihres Lichts
wandeln Seelen im Dunkel nahe dem Nichts
blind, kalt und orientierungslos
verloren wie auf einem ins Leere treibenden Floß.

Großes im Kleinen

Es gibt viel Großes im Kleinen
und Lautes im Schweigen
wie auch Armseliges im Reichen
oder Offensichtliches im Geheimen

    wie Abgründiges in Alltäglichem
    Tröstendes neben Schmerzlichem
    wie auch Dunkles hinter manch Lichtem
    oder Kaltherziges versteckt hinter Freundlichem
wie auch Täuschungen hinter ablenkenden Fragen
und gieriges Verlangen hinter manch elegantem Reden und Sagen
oder ein eitles sich-aufspielen mit „gutgemeinten" Ratschlägen
und groben Egoismus hinter einem scheinbar fürsorglichen Abwägen
    wie glücklicherweise tiefe Weisheit in manch einfacher Rede
    und angenehm Überraschendes auf manch verschlungenem Wege
    wie auch ein feines Mitgefühl trotz fester Worte und Berührung
    und ein stilles Warten auf eine liebevolle Verführung.

Dein Gesicht

Dein liebes Gesicht
gleicht einem warmen ruhigen Licht
genährt von Freude und sanfter Lust:
So hast du immer um die Kraft und Güte der Liebe gewusst
wie ein Schmetterling, der sicher seine Lüfte und Düfte findet
oder ein Baum, der sich zielsicher mit Licht, Luft und Erde fest verbindet
so behutsam und behütend, dass alles andere weicht oder zerbricht
aufgelöst in deinem warmen Licht
- und trotzdem hast du es bei ihr oder ihm nicht gesehen?
Dann wirst du das große Geschenk dieser Zuneigung nie ganz verstehen.

Sackgassen

Zu sich finden
sich öffnen und miteinander verbinden
dafür suchen, sich mühen und sinnen
mit scheitern und gelingen
verlieren und mühsamem gewinnen
um sich und andere nach zu Hause bringen:
Wer da erwartet, das wäre ohne Sackgassen zu haben
dessen Herz fällt leicht in einen kalten und dunklen Graben
denn so manche Seelen haben sich zwar verbunden
aber leider nie wirklich zueinander gefunden – nur einander angebunden
und darum weder sich selbst noch einander gewonnen:
So sind für sie Lust und Lachen oft unerreichbar geblieben oder verronnen
und das ist bisweilen an den Gesichtern und Gesten abzulesen:
Es gibt Menschen, die sind nie richtig in und bei sich gewesen.

8

Trampeltiere

Sich und anderen die menschlichen Abgründe und Höhen zu erklären
kann ein Leben lang währen
weil es immer Mauern, Abgründe und Gräben in Menschen gibt
von denen man viele nie oder erst sehr spät sieht
weshalb manche Seele Gemeinheiten ausspuckt voller List
um sich in einer Weise zu gebärden, die reichlich tierisch ist
was gerne hinter nett bepinselten und eleganten Fassaden verborgen bleibt
während sich Täuschung, Lug und Trug aneinanderreiht
gut getarnt und darum kaum abzuwehren:
Wie kann man Trampeltieren in Menschengestalt Würde und Mitgefühl lehren?
Leider nicht immer - weshalb man solchen „Viechern" besser aus dem Wege geht
auch wenn man dadurch etwas im Abseits steht
was das allemal besser ist als mit den Trampelnden zu rennen
die kaum mehr als ihr Muhen, ihre Wut und ihre Angeberei kennen.

Kompliziert

Jeder Mensch ist kompliziert
auch wenn man das nicht immer gleich erkennt oder spürt
denn viele haben gelernt, sich zurückzunehmen oder zu ducken
auch wenn sie dabei verkrampft verharren oder zucken
während Glückliche es verstehen, Kompliziertes einfach erscheinen zu lassen
so als könne man etliche Komplikationen einfach weglassen
was die Kunst erfordert, sich auf Wesentliches und Positives zu beschränken
um klar zu sehen und andere nicht zu kränken
wenn man gelernt hat, über Abgründe tröstend hinweg zu sehen
ohne selbst hineinzufallen oder wie gelähmt dabeizustehen
- denn Menschen sind so faszinierend wie kompliziert
auch wenn man nicht gleich alle Facetten ihrer Seelen spürt.

Göttlicher Funke: Weitergeben

Uns wurde von Geburt an ein göttlicher Funke mitgegeben

für die Suche und Verwirklichung des Schönen im Leben

- doch ist der Weg zum Guten und Schönen nicht immer leicht

denn der wird nur mit Mühe, Rücksichtnahme, Einfühlsamkeit und Glück erreicht

wodurch wir uns gut und frohgemut nach Hause bringen

so lange wir uns achten, helfen und – gelegentlich - sanft verbinden

und einander bestärken, besänftigen und beschenken

ohne Andere unnötig zu belasten, zu übergehen, zu verletzen oder zu kränken

- denn es wurde uns ein göttlicher Funke geschenkt: Uns zu genießen und den Funken weiterzugeben

für die schönen und guten Momente im Leben.

Nichtstun

Durch Nichtstun hofft man - oft vergebens -

auf einen ruhigen Verlauf des Lebens

doch eine Stille kann sich leider auch als leer erweisen

womit Sehnsüchte und Hoffnungen ins Nirgendwo entgleisen

und kein ruhiger Strom mehr die Herzen trägt

weshalb auch kein belebender Frieden entsteht

sodass man sich nach Taten und Erlebnissen sehnt

auch wenn man sich dabei krümmt oder überdehnt

Hauptsache, die Seele schwimmt auf einer kräftigen sinnlichen Welle

und verliert sich nicht in öder Stille.

Anfang und Ende

Jedem Anfang wohnt ein Zauber inne

und jedem Ende ein Graus

weshalb man möglichst jeden Tag mit einem kleinen Zauber beginne

- denn von selbst endet jeder Weg mit einem unbeirrbaren: Es ist aus.

Der Schurke

Er war ihr Liebster

     doch richtig lieben konnte sie nur sich

und dennoch sagte sie, er sei ihr Bester

     auch wenn ihre Zuwendung eitler Selbstverliebtheit glich

und bisweilen war er ihr Bedeutendster

     auch wenn es ihr guttat, wenn seine Bedeutung neben ihrer verblich

- und als er das alles erkannte, sagte er ihr, er sei nicht länger ihr Liebster

     womit er seine Liebesträume rettete, indem er ihr entwich

doch für sie wurde er damit zum Gemeinsten

     denn er sei übler Egoist: „Der Schurke liebt mich nich' ".

Ich-Lob

Das Ich ist für jeden der Mittelpunkt und der Rand seiner Welt
weil das Ich das Erste und Letzte ist, an dem man sich festhält
weshalb man gut beraten ist, sich anzunehmen und zu gefallen
um nicht selbstverloren und strauchelnd auf den Boden zu knallen
mit dem ganzen im Ich gesammelten Leben:
Ohne ein Ich kann es kein persönliches gestern und morgen geben
bestenfalls eine kurze Reihe aufblitzender Angst, Stille und Lust
doch nie aller Wunder, Schönheiten und Schmerzen bewusst
- und so erschafft sich nur ein sicheres Ich eine eigene passende Welt
in der es pulsiert und an der es sich festhält
bis es mit seiner ganzen Welt entschwindet
und – vermutlich – nicht mehr zu sich in einer anderen Welt findet.

Ende gut

„Ende gut – alles gut"
sagt man gerne zur Besänftigung einer Enttäuschung oder Wut
und sei es auch nur zum Löschen einer unbeantworteten Liebesglut
oder nach einer Begegnung mit einer üblen menschlichen Brut
weil ein gutes Ende manche Verletzungen heilt
oder zumindest gnädiges Vergessen verteilt
- doch leider hat der Satz auch umgekehrt manchmal recht
mit der Aussage: „Ende schlecht – alles schlecht".

Blätter

Blätter wachsen, schrumpfen und fallen
Wurzeln durchdringen, verkümmern und zerfallen
     langsam, doch fest, tief und ohne Ton
     einem Wechselspiel aus Erde, Licht und Wasser folgend lange schon
und ein neuer Beginn und ein klares Ende bestimmen alle Tage und Jahre
in einem Rhythmus ohne Antwort und Frage
     - doch wir möchten Erreichtes dauerhaft festhalten
     als ob Jahreszeiten nie wechseln und Geburt und Tod nicht walten
während Blätter wachsen. schrumpfen und fallen
und selbst die stärksten Wurzeln irgendwann zerfallen.

Gerüst

Nach ihrem jeweils eigenen Himmel streben Seelen
um zu fliegen und zu schweben - und manche, um andere zu quälen
stets an- und weitergetrieben – und hingeworfen – mit Herz und Haut
Zufälliges und Erstrebtes zu einem tragenden Gerüst zusammengebaut
hoffend, dass es auf den schwankenden Planken lange weitergeht
und am Ende kein bitteres Stolpern und Brechen steht
mit Hoffnungen wie Felsen – trotz der Antworten wie flüchtiger Sand
- so balanciert ein jeder auf einem schwankenden Gerüst mit schmalem Rand.

Kurze Frage

Du weißt: Er wird kommen - der ewige Schlaf
     und so lauschst du in dich hinein:
Wo ist seine Sense - so schnell wie endgültig und scharf
     - also wie und wann dringt sie ein?
Und bleibt etwas, dass man danach noch sein darf?
     Oder bleiben nur Wassertropfen, Windhauch, Staub oder Stein?
Darum eine kurze Frage an dich, du ewiger Schlaf:
     Führst du uns nur ins Dunkel – oder auch heim?

Das muss reichen

Du willst für dich Beständigkeit?

Dazu gar noch eine eigene Ewigkeit?

Also eine Überwindung der gefräßigen irdischen Endlichkeit?

Eine Befreiung von allen Grenzen durch etwas Göttlichkeit?

Schön geträumt - doch müssen dir die wenigen Augenblicke reichen

mit den Visionen, die kaum zwischen Hoffen und Vergänglichkeit ausgleichen

und mit genug Liebe und Humor, um Ängste und Enttäuschungen aufzuweichen

- und für alles weitere müssen Träume reichen.

Sie versteht es

Sie führt mich bis zum Tor vor ihrem Paradies

denn alles ist mit ihr schön - auch das meist nicht erzählte „das und dies" -

und zudem versteht sie, Kummer und Sorgen bei Seite zu fegen

mit einer Umarmung wie eine sanfte Sonne und warmer Regen

denn da ist nichts schwach oder klein:

Mit ihr kann man auf dem Weg zum Paradies sein

- das sei schwärmerisch übertrieben?

Nein – sie versteht es zu lieben.

Du und Ich

Gevatter Tod geht stets – nah oder fern - neben uns her
und die Sense in seiner Hand wird ihm nie zu schwer
doch träumen wir von endlosem Leben
als hätte es nie diesen dunklen Gesellen neben uns gegeben
bis er sich uns zuwendet und Lust und Lachen entreißt
sobald seine Sense langsam oder blitzartig wie ein Raubtier zubeißt
- doch ob das den Traum vom Wiedersehen zerstört?
Ist es nicht so, dass den Liebenden ein unendliches „Du und Ich" gehört?

Raubzüge

Wer in und an sich nicht genug für seine Eitelkeit hat
mischt sich gerne in andere Leben ein – denn ohne das wird er nicht an sich satt
und so drängen sich manche Menschen unersättlich in andere Leben ein:
Ohne Bevormundung und Besserwisserei können sie nicht mit sich zufrieden sein
um sich auf ein erhabenes Podest über andere zu heben:
Sie brauchen diese vorlauten Raubzüge in anderen Seelen, um mit sich zu leben.

Nichts

Nichts auf der Welt
ist geschaffen, dass es ewig hält
sondern so konzipiert, dass es entsteht, sich verbindet und alsbald zerfällt
gleichgültig oder lustvoll, bescheiden oder süchtig nach Geltung und Geld
während sich ein neues Leben immer wieder entfaltet und kurz innehält
um weitergetragen zu werden – auch wenn es alsbald zerschellt
qualvoll geladen oder zärtlich erfüllt
wie Altpapier zerknüllt oder von feiner Herzensweisheit umhüllt
bis es nur noch wenige Schritte vor seinem Ende steht
und mit leeren Händen - oder von Liebe getragen - von dannen geht.

Das Alter

Das Alter klopft selten gemütlich an die Tür
um freundlich zu sagen: „Nun bin ich hier
als dein fortan inniger Begleiter:
So geht dein Leben - weniger heiter – zunehmend beschwerlich noch etwas weiter"
denn zumeist tritt das Alter krachend polierte Seelen-Türen ein
nimmt Seelen in den Schwitzkasten so schmerzhaft wie gemein
und drückt ihnen die nette Laune, Kraft und Luft zunehmend ab
- Schnaufen und Laufen werden zunehmend knapp -
und manche Tage schrumpfen zu Kämpfen
malträtiert von Erschöpfung, Kraftlosigkeit und Krämpfen
während die Träume sich weiter nach einem kraftvoll-schönen Lebens umsehen
doch das Alter raunt immer vernehmlicher: „Für dich wird es nicht mehr lange
weiter gehen."

Selbstliebe

Sie empfand sich als so vollkommen
da war für sie mit einer Liebe zu anderen wenig gewonnen
denn niemand war gut genug, um ihre Liebe zu mehren
oder strahlend genug, um länger mit ihr zu verkehren
da neben ihr hatte kein anderer dauerhaft Bestand
weil sie sich strahlend und überragend im Zentrum befand
was auch ihre Einsamkeit weitgehend aufwog
- und so geschah es, dass sich so manch anderer rasch aus ihrem Leben verzog
denn niemand durfte eine Störung ihrer Selbstliebe wagen:
Vieles – nur das nicht – konnte sie ertragen.

Es kann sein

Sich sexy zu geben
kann mit der Zeit gründlich vergehen
denn was einst geeignet war, Partner lustvoll anzulocken
gerät spätestens mit den höheren Jahreszahlen ins stocken
womit so manche einst schwelgende Seele nicht mehr weiter weiß
mit ihrem einst lustvollen Liebes-Spiel mit Feuer und Eis
überwältigt von der nüchternen Erkenntnis nach etlichen Jahren:
"Es ist vorbei – die wilden Jahre - sie waren"
womit menschliche Kirschen, Bananen, Äpfel, Birnen und andere Obstsorten
keine Fragen mehr aufwerfen: Welche auslassen oder pflücken – und horten?
Auch wenn mancher noch hofft, es wäre schön, weiter nach etwas Obst zu greifen
- doch welches Obst würde im Winter noch reifen?

Ewiges Leben?

Wäre das Leben ewig – würde es dann irgendwann langweilig?
Also ohne neue Überraschungen abgedroschen, zäh und schleimig?
Und ab wann wären die Wiederholungen unerträglich?
Wie oft freundlich, besänftigend und komisch - oder unsäglich?
Wie lange faszinieren Wunder – und wann käme eine satte Gleichgültigkeit?
Gäbe es noch ein erfüllendes Steigen und Sinken – oder öde Bitterkeit?
Was bliebe übrig von der Komik und Satire nach zahllosen Jahren?
Wäre ein Lachen noch eine Befreiung - oder nur noch zynische Abwehr von Plagen?
Ginge alles in ewigem Gleichmaß dumpf und still unter?
Ein ewiges Leben – wie lange wäre es befreiend und munter?

Lebens-Kunst

Köstlich in sich und den Herzen anderer zu ruhen
innezuhalten und nichts weiter zu tun
als sanft zu schweben
Aufregung und Kummer abzulegen
und den Wolken, Vögeln und Tagen nachzusehen
Gewesenem und Liebgewonnenem nachzugehen
während wir uns zärtlich in die Arme nehmen
Lust und Gedanken sanft verweben
und über den Horizont hinausgreifen
um einander behutsam zu begleiten
damit Liebe und Einfühlsamkeit uns durchströmen
umhüllen, stärken und wärmen:
Das alles erfordert eine hohe Lebens-Kunst
- und die ist leider keine selbstverständliche Fähigkeit oder geschenkte Gunst.

Bewunderungswürdig

Jahreszeiten kommen und gehen
Lust und Enttäuschung entstehen und verwehen
treiben uns hin und her, hinein und hinaus
mal mit etwas - und zu oft mit keinem oder falschem - Applaus
während Arme und Missachtete „unten" bleiben
- mag das Unrecht und Unglück auch zum Himmel schreien -
während die Betroffenen die Missachtung irgendwie ertragen
ohnmächtig und niedergedrückt, ob sie nun schweigen oder klagen
während die Jahre ihnen Hoffen, Kraft und Ideale rauben
und Sanftmut, Lächeln und Glauben auslaugen
übergangen, übersehen oder versteckt oder offen verlacht
- und trotzdem bleiben viele bewunderungswürdig weise, liebend, beherrscht und sacht.

Ursprünglich

Was ich dir ursprünglich sagen wollte
- weil man ja möglichst die Wahrheit sagen sollte -
hätte sich vielleicht wie folgt angehört
nur als aufrichtige Darstellung auf deiner Geburtstagsparty arg gestört:
„Liebe/r xxx,
mit und durch Dich wird jede Begegnung
zu einer missratenen Bescherung
ohne menschlichen Gewinn
oder einen wunderbaren Beitrag zum Lebenssinn
denn Du erzeugst üble Regungen – oder bestenfalls Beklemmungen
denn in deiner vorlauten Geltungssucht hast du kaum Hemmungen
und darum möchte ich es mal so auszudrücken:
Es wäre schön, du würdest schweigen oder dich ganz verdrücken
weil man bei dir sehr viel Einfühlsamkeit, Weisheit, Kraft und Geduld braucht
damit bei deinem belehrenden Protz-Gehabe eine Seele nicht schreit und raucht

und darum will auch kaum jemand mit Dir durch das Leben reisen
weil den Betreffenden sonst die gute Laune und Geduld entgleisen
und jeder andere vor deinem strahlenden Selbstbild verblasst:
Ich hoffe, dass kein lieber und sanfter Mensch glaubt, dass er zu dir passt."
Doch was ich dann dir zum Geburtstag schrieb
war artig – womit von der Wahrheit nur ein Schatten blieb:

„Liebe/r xxx
mit und durch Dich wird so manche Begegnung
zu einer eindrücklichen Bescherung
denn du bist immer auf eine gewisse Weise ein Gewinn:
Du öffnest mir und anderen die Augen für manch anderen Lebenssinn
und den Wunsch, das Leben noch aktiver und bewusster anzunehmen
auch, um Dir eine Fülle von deinem Elan zurückzugeben
und damit auszudrücken
was es bedeutet, einander zu beglücken
was – wie wir alle wissen - viel Einfühlsamkeit, Weisheit, Kraft und Geduld braucht
damit es zwischen den Menschen nicht knistert, knallt und raucht
zumal wenn so eine starke Persönlichkeit wie du den Alltag gestaltet
dass man sein Leben anders in die Hände nimmt – und nicht nur verwaltet
weil doch eine Schönheit, Liebe und Einfühlsamkeit zu jedem passt
da ohne all dies selbst das Stärkste und Schönste schwindet und verblasst."

Universum

Das Gestern? Das war ein anderes Leben
     - heute ist es vorbei.
Und das Morgen? Zeigt sich bisher nur in Schemen
     - aber das Ende wird immer klarer: Stille oder Schrei.
Und deshalb willst du heute alles haben und geben
     - so lächle und umarme, dass der Tag wie ein erfülltes Universum sei.

Wie ein Lied

Ein Tag oder eine Nacht wie ein sanftes Lied: Damit eine Seele geborgen sei.
Mit streichelnden Berührungen: Dass sie behütet sei.
Und lieben Worten: Dass ein Herz frei und gütig sei.
Fern aller Abgründe: Dass ein Herz ganz bei und in sich sei.
Denn wir haben die Kraft für Momente gleich einem sanften Lied
damit es uns Frieden gibt.

Unaufhaltsam

Es geht immer dem Lebensende entgegen
und dieser Umstand kommt für die meisten zunehmend ungelegen
zumal wenn da etwas Unerledigtes und noch Ersehntes immer noch an die
Seelentüren hämmert
während der Lebensabend unaufhaltsam dämmert
hin zum letzten unangenehm ungebremsten Fall
und der Frage: Was merke ich noch vom – und nach dem - Aufprall?
Kommt da von irgendwoher noch etwas Geborgenheit?
Oder zerreißt es alles im Mahlwerk der gefräßigen Vergänglichkeit?
Wer möchte vor dem „letzten Beweis" akzeptieren, dass die Zeit alles vernichtet?
Denn welche Seele hat schon gern auf sich verzichtet?

Weit weg

Öffne dich, dass wir uns begegnen
und durchdringe mich, dass wir uns annehmen
- nein? Soviel Verbundenheit macht dir Angst – oder hat für dich keinen Zweck?
Schade – so bleibst von deinem eigentlichen Leben ziemlich weit weg.

Schnöde Herrschaft

Schnöde, ungerührt und breit
herrscht ein Diktator immer: Die Zeit
als komplett emotionsloser Regent
der alles Lebende nur als Abfolge von gestern, heute und morgen kennt
unbeeindruckt von den Wünschen und Verletzungen bei Tag und Nacht
dabei grob, räuberisch, ohne Verbundenheit und nie sacht
denn nichts rührt sie: Weder ein Flehen oder Lächeln noch eine Zärtlichkeit:
Die Zeit herrscht voller Gleichgültigkeit.

Ein Leben? Nie genug
Nur ein Leben? Nicht mal zwei wären genug
denn auch zwei Leben vergehen wie im Flug
also sollten es doch drei an der Zahl sein
um zu erfahren: Finden wir irgendwann ein dauerhaft gutes Heim?
Doch mancher Lust am Leben
ist dann immer noch nicht genug Zeit und Raum gegeben
und so wäre ein viertes Leben recht
dass die Seele nicht an einem Abschiedsschmerz zerbricht
doch um zu erleben, was sich stets wiederholt, bräuchte es noch eine fünfte
Lebenszeit
denn erst dann machte sich vielleicht eine erschöpfende Langweile breit
wobei der Test, ob man das erträgt, wohl noch ein sechstes Leben braucht
bis eine Seele verschlissen sich aufgibt und verraucht
was nicht ausschließt, dass manche Seele auch ein siebtes Leben genießt
weil sie dann ohne Bedrängnis und Zwang mit den Winden tanzt und Bächen fließt
- womit gewiss ist: Ein Leben ist nie genug
denn ein jedes vergeht wie im Flug.

Denkt es euch
Wie sie mich berührt
und gemeinsam unserem Herzschlag nachspürt
und wie sie euphorisch liebt
dabei sich und mich fordert und gibt
ist ein Fest
- und nun denkt euch den Rest!

Da will ich hin

Mit Lust und Freude durchs Leben zu gehen
um sich mit voller Hingabe zu erleben:
Da will ich hin – also liebe mich
- und zwar bitte nicht weniger als du dich.

Nicht abwenden

Kann man mal wieder den Blick nicht vom Leid in der Welt abwenden
kommen viele Tage, die mit üblem Herzschmerz enden
denn Unrecht, Unglück und Unfähigkeit halten uns in schmerzlichem Bann
wie der Mensch dem Menschen so viel Gemeines antun kann
worüber sich so manche Seele einsam, achtlos und verbittert verliert
oder niedergedrückt und zerknittert zittert und friert
- aber den Blick nicht abzuwenden schenkt Würde, und kann dazu führen
dass auch die Geringgeachteten ihren Stolz nicht ganz verlieren – weil sie Achtung
spüren.

Wiedersehen

Aufeinander zugehen
um miteinander zu wachsen, zu verharren und zu vergehen
und einander mal stürmisch und mal behutsam anzunehmen
bis wir uns ineinander ablegen
während unsere Herzen frei bis zu den Sternen reisen
und sich dabei gute Wege durch Tage und Nächte weisen
damit wir gemeinsam nach Hause gehen:
So will ich dich auch hinter der letzten irdischen Pforte wiedersehen
- doch das sei nur ein netter Wunschtraum?
Vielleicht – doch mit dir stört mich das kaum.

Nimm es nicht schwer

Gräber werden ausgehoben, gefüllt und aufgelöst
Menschen benutzt oder durch Liebe und Achtung erlöst
und manche Kinder kommen ungewollt und erschaffen doch einen Liebesraum
andere sind gewollt - und erfahren dennoch Zärtlichkeiten kaum
denn das Schicksal hat seit jeher Glück und Unglück blind verlost
Unglückselige gebeugt und eigentlich Gütige erbost
und immer wieder verstanden, mit irgendwelchen Versprechen zu locken
damit Menschen weitergehen, resigniert oder unerschrocken
in sich gekehrt oder gebieterisch auftretend, leicht oder schwer
mit oder ohne Ideale, Liebe oder Gier– die einen weniger, die anderen mehr
und man hört und sieht es auch in Bildern und Geschichten aus alten Zeiten:
Es gab immer viele, die konnten sich nicht aus Unrecht und Leid befreien
 - und dann rät dir jemand: „Nimm das alles nicht zu schwer":
Doch das ist oft nur eine ratlose Beschwichtigungsformel – nicht mehr.

Frei

Betroffen von Egomanie und Gleichgültigkeit
Geltungssucht, Habgier und Einsamkeit
wie auch von eigenem Unvermögen
sich einen schützenden Mantel umzulegen
kurzum: Zu bestehen
um nicht im täglichen Strom unterzugehen
hatte sie sich zurückgezogen
und schweigend ihre eigene schützte Welt bezogen
erdacht und möbliert mit Fantasien mit mehr Verständnis und Zärtlichkeit
ohne die Geister der Rücksichtslosigkeit. Gier und Einsamkeit
- auch wenn es so wirken konnte, als sei ihr die übrige Welt nun einerlei
doch sie hat sich nur geschützt, um die Welt zu ertragen: Genug lebendig und frei.

Ein Leben lang

Es dauerte ein Leben lang
bis bei ihr die Einsicht begann
dass zur Liebe auch die Ehrlichkeit sich selbst gegenüber gehört
damit man nicht mit Täuschungen und Ablenkungen die eigene Basis zerstört
zumal es ohne Ehrlichkeit sich selbst gegenüber keinen Vorrat gibt
den man frohgemut teilen und mehren kann, sobald man liebt
- wobei sie erst eine tiefe Erschöpfung im Alter zur Einsicht zwang
dass ihr die Ehrlichkeit sich selbst gegenüber nicht so gut gelang
wobei die Gelegenheit für ein anderes Leben nun aber weitgehend vorüber war
- und was machte sie nun mit dieser Einsicht, so wuchtig wie klar?
Sie hat sie rasch wieder vor sich selbst versteckt
- denn wie gemein ist es, wenn man seine Fehler erst am Schluss entdeckt!

Nachher

Sattgelebt, -gehört und -gesehen?
Genug, um irgendwann gesättigt von dannen zu gehen?
Wer hat je genug Morgenröte und Sonnenuntergänge gesehen
um leicht in einen lichtlosen Horizont zu gehen?
Hat nicht jeder durch sinnliche Lust zu sich gefunden
oder zumindest darauf erhofft und darum gerungen?
Und wem ist nicht der Hunger geblieben
für Abenteuer und Lieben?
So müssen wohl alle irgendwann ungesättigt gehen
was nur zu ertragen ist mit der Hoffnung, dass wir uns „nachher" wiedersehen.

Hartes Brot

Manche leben zusammen nach dem Motto: Mit „Dem" oder „Der" – das geht ja
noch!
Denn „dies und das" funktioniert gelegentlich ja doch
wenn auch mit allerlei Ablenkung und auf bisweilen getrennten Wegen
man muss eben die Messlatte einer erfüllenden Liebe tiefer legen
und einiges von den einst netten Erwartungen vergessen
- so gibt es genug Menschen, die das harte Brot der Gewohnheit essen.

Zu sich

Sich selber zu loben sei nicht tugendsam?
Sich selbst zu lieben sei wenig – gar arm?
Sich selbst im Mittelpunkt seines Lebens zu sehen
zeige, man würde das Leben anderer zu wenig achten und verstehen?
Doch ist die Seele stets an sich gebunden
denn sie hat von jeher alles zuerst in sich erlebt und gefunden
und darum geht es nicht anders, als sich mit seinem Ich nett zu verbinden
um gut zu sich und anderen zu finden.

Heller Funken

Er ist ein wie leuchtender Funken: Ihr kurzer Blick
sogar noch beim Weggehen über die Schulter zurück
wie auch das aufblitzende Lächeln bei ihrer spontanen Umarmung
mit ihrer leichten – und einen Moment „zu langen" - Berührung
mit der in Sekundenbruchteilen alle Sehnsucht entflammt:
Selbst nach Jahren in das Gedächtnis eingebrannt.

So sehr man redet

Nie kann es eine hinreichende Vorbereitung für diesen Fall geben:
Den eigenen Tod – denn der kommt stets ungelegen
so sehr man auch über den Tod redet, ihn wegschiebt oder noch ferne sieht:
Also zeige mir durch Liebe unser rettendes Ufer- damit das Herz nicht ängstlich
flieht.

Verlorener Kampf

Der Kampf gegen die Schwerkraft geht zuletzt immer verloren
  denn Gelenke und Gewebe geben mit den Jahren ihren hinhaltenden
  Widerstand auf
und der Körper ist zunehmend als schlaffer Behälter für wachsenden Müll erkoren
  und es hindern immer mehr Engstellen des Blutes flinken Lauf
womit Erschöpfung und Bitterkeit häufiger rumoren
  ob Weiser oder Narr - sie alle spüren der Schwerkraft Hiebe zu Hauf
um verbeult und verbogen, gekrümmt oder zusammengezogen
  widerwillig zu akzeptieren: Die Schwerkraft zieht uns hinab, nie hinauf.

Grabrede

Um euch bei meinem Tod die Mühe zu ersparen
über mich - und euch – lange nachzudenken und herumzufragen
schreibe ich heute schon mal meine Grabrede
wobei ich auf lobende Theatralik wenig Wert lege
bei der man sich fragt, ob der Verblichene wirklich so war
oder ob man bei ihm zu viel Nettes und zu wenig von seinen Schwächen sah
denn Gelingen und Scheitern haben mein Leben ebenso wie das Eurige begleitet
und manches blieb ein Traum – hat auch so mancher mir Freude bereitet
wo liebevolle Zuneigung stets alles tragen musste und bisweilen unerwartet
Schönes schenkt
- so verlief auch mein Leben an manchen Wegkreuzungen nicht optimal gelenkt
bis ich – durch Sie (ihr wisst schon wen ich meine) und Euch - einen Weg fand
der auch aus froher schöpferischer und genießerischer Gelassenheit bestand
mit der Muße, in die eigene, eure und andere Seelen zu blicken
um sich an den Wundern und Herausforderungen der Schöpfung zu entzücken
begleitet von Arbeit, Enttäuschung, Aufregung und manch bedrückender Stille
mit einer bisweilen nur mühsam ruhig gehaltenen Beherrschung als stabilisierende
Hülle
denn natürlich haben Unvermögen, Schicksal und Ungerechtigkeit an mir genagt
und Kraft verbraucht, damit bei all den Unzulänglichkeiten das Herz nicht verzagt

und vor Ärger zu den krächzenden und quakenden Kotzbrocken gehört
wo doch ein jeder Mitgefühl und Zärtlichkeit braucht, damit es uns nicht verstört
also habe ich - wie ihr – meine Träume und Wünsche immer weitergetragen
und nach Wegen gesucht - oder aufgegeben -, wenn sie zu weit entfernt lagen
dabei geredet, geschwiegen, mal gedankenreich und auch gedankenarm
wenn wieder ein Irrtum oder eine Erschöpfung um die Ecke kam
doch es hat sich für die netten Momente und liebevollen Augenblicke gelohnt
sodass ich sagen konnte: Ich habe mein Leben oft angenehm und bewegend
bewohnt
wurde es auch von manchen Überheblichkeiten und Egoismen bestürmt
die zur Seite zu kehren waren, damit sich solcher Müll nicht hoch auftürmt
denn glücklicherweise haben mich Zuneigung und Zärtlichkeit immer wieder
belehrt und bestärkt
mit wunderbaren Wegbeleitern, auch wenn man deren feinfühlige Weisheit nicht
immer gleich bemerkt
neben jenen, die nur sporadisch geduldet waren, weil sie zu oft nur nach ihrem
Stolz suchten
und mit allerlei Belehrungssucht die Atemluft verrußten
um sich als besonders wichtig darzustellen und ihre Leere zu übermalen
weil sie nie genug in sich selbst zu Hause waren
was mich auch zu der Frage führte: Was hätte ich alles besser machen sollen?
Wo mangelte es bei mir an Können, Einsicht oder Wollen?
Natürlich habe ich so demonstrativ wie provokativ gerne gesagt, dass ich
unschuldig sei
doch eine Bitte um Verzeihung an mich selbst und andere war je nach Kraft und
Weisheit auch dabei
was die Frage aufwirft: Wie bin ich mit menschlicher Geworfenheit, Verlorenheit
und Unzulänglichkeit umgegangen?
Wie habe ich mich – und euch – bei Bedarf auch mal gut festgehalten, „geerdet"
und aufgefangen?

Auf alle diese Fragen gab es bisweilen nur schmale Antworten oder Schweigen
um irgendwie aufrecht stehen zu bleiben
doch all diese Fragen und Antworten zählen nun für mich nicht mehr
ihr aber werdet sie weiterhin suchen – macht es euch dabei bitte nicht zu schwer
denn der, der nun von euch geht, konnte auch recht vergnügt durch das Leben
flanieren
und sich in zarten und spannenden Genüssen angenehm verlieren
sind auch die letzten Meter eines Lebensweges oft beschwerlich
und man möchte sagen: Zu schlecht konstruiert und darum entbehrlich
womit mir nur noch bleibt, euch alle liebevoll nachanzusehen, zu danken und auf
ein Wiedersehen zu hoffen
wo und wie auch immer – bestimmt erfahre ich irgendwie, wie eure Herzen wild
oder gelassen pochen
- und damit wünsche ich euch, bis auch eure Grabrede irgendwann ansteht
dass ihr möglichst lächelnd und liebend eurer Wege geht
und kommt ihr dabei – ich hoffe frohgemut – auch mal bei mir vorbei
so hört ihr vielleicht ein Flüstern: „Geht entspannt weiter – damit jeder Tag ein
Geschenk sei"
noch ergänzt um ein leises: „Tschüss – macht es gut und bis dann
begegnen wir uns wieder irgendwo und irgendwann."

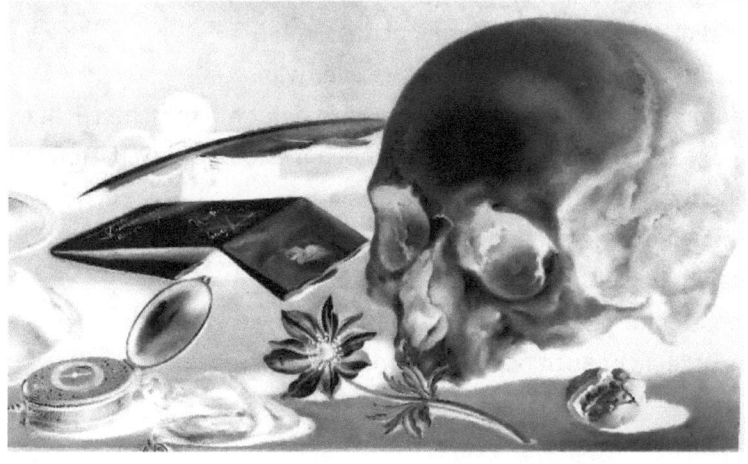

Zerstreuung

Wer Zerstreuung sucht und sie dann findet
bemerkt vielleicht, dass etwas zu sehr ins Nichts entschwindet
weil man etwas Zerstreutes nun mal nicht mehr findet
was aber den Zerstreuung-Suchenden nicht davon entbindet
weiter zu suchen – da er ja eigentlich durch Zerstreuung etwas finden will
denn sonst wäre man als Zerstreuer entleert, entkernt und nur noch trostlos still
weshalb eine gute Zerstreuung ein Ziel, einen Plan, Mühe und Rahmen braucht
damit sie nicht verstreut alsbald verrinnt und verraucht.

Still nun, es wird Zeit

Still nun, es wird Zeit
denn irgendwo da vorne wartet die Ewigkeit
um nach all den Jahren ein Leben zu verschlingen
und wieder zurück zur unbeseelten Erde zu bringen
und ihr, die ihr stolz ein Leben euer Eigen nennt
die schönen und fauligen Früchte der Welt reichlich kennt
und euch gefügt, aufgelehnt, erschaffen und benutzt habt:
Euch alle senkt man – meist zu früh - hinab ins Grab
auch wenn keiner dazu je wirklich bereit ist oder war
vielleicht träumend, es gäbe ein Wiedersehen in einer himmlischen Schar
- doch still nun, etliche Seelen werden sich noch heute zu den Schatten gesellen
und leuchten oder in tiefer Nacht zerschellen
doch wir haben heute vielleicht noch etwas Zeit
um uns weiter zu begleiten - bis an das Tor zur Ewigkeit
was mit Liebe, Demut und Sanftmut am schönsten gelingt
damit es am Ende nicht auch noch unfein nach Eitelkeit stinkt.

Über den Horizont

Es gibt Herausforderungen, die kann man nicht bestehen
denn wie man sich auch vorbereitet: Man wird mit ihnen untergehen
was mit einer Ahnung schon frühzeitig beginnt
und bis zuletzt immer klarer wird, wie man sich auch dreht und sinnt
besonders auf den späten Etappen bis zur letzten Tür
nach deren Durchschreiten wohl nie jemand zurückkehrte - da spricht viel dafür
und so gelingt vieles nur für den Augenblick
schweift der Blick auch vor oder weit zurück
und darum ist auch der Träumende kein dummer Tor
sondern jemand mit einem Kompass im vielstimmigen und disharmonischen Chor
der freudig – und auch schmerzlich – zu seinen Visionen steht
damit er nicht verloren durch das Labyrinth des Lebens geht
 - wodurch sich der Träumer zudem als weise erweist
weil er mit seinen Bildern im Kopf über den nahen Horizont hinaus reist.

Unzulänglichkeiten

Die Unzulänglichkeiten des Lebens sind nicht schnell aufgezählt
es sei denn, dass man nur sich selbst sieht und als vollendet erwählt
denn zu sich selbst fallen einem meist nur kleine Schwächen und Sünden ein
- man empfindet sich als passabel, geschickt und fein -
auch wenn andere Menschen Unzugänglichkeiten beklagen
oder hinter dem Rücken noch ganz andere Dinge über einen sagen
wobei Gleichgültige oder gar Niederträchtige gelegentlich übles Zeug auskotzen
und auf Würde, Achtung, Chancengleichheit und Freiheit rotzen
und vermeintlich Schwächere ausnutzen, missachten und schinden
eitel protzen oder andere bei Seite drücken und festbinden
wobei sich zudem auch noch das Schicksal voller Unzulänglichkeiten zeigt
weil es bisweilen reichlich zu üblen Schurkenstücken neigt
wenn z.B. eine Krankheit oder ein Unfall jemanden brutal niederreißt
oder ein Leben so zerfrisst, dass man resigniert oder es gar wegschmeißt

- womit der Glaube, das Leben sei für alle hinreichend gut konstruiert
bei genauerem Hinsehen an Glaubwürdigkeit verliert
auch wenn mancher dennoch unbeirrt Freude und Hilfe verschenkt
und mit - scheinbar naiver, doch tiefer - Weisheit manches zum Besseren lenkt.

Bewahrt es

All ihr Schwankenden, Stolpernden und Fallenden
Zweifelnden, Verlorenen, Ängstlichen und Bangenden
       oder Überheblichen und Verächtlichen
          Arroganten, Ausnutzer, Betrüger, Macht- und Belehrungssüchtigen
oder Weisen, Einfühlsamen, eher Stillen und darum leicht Übersehenen
Gerechten und darum nicht gleichgültig Vorübergehenden
          manche fast wie Engel und manche wie Tiere in Menschengestalt
          mit Vernunft und Würde oder Ignoranz und Gewalt
mit all den Sensiblen und Mitfühlenden, die darum oft leiden
und doch die eigentlichen Könige der Schöpfung bleiben
          neben den Egomanen, von grölenden Anhängern auf einen Thron gehoben
          mit den gedanklich Sabbernden, die von jeher dümmlich toben
neben den Kreativen, die der Vielfalt und Freiheit schöner Liebe und Dinge huldigen
oft gezwungen, sich für ihr scheinbar sinnfreies Suchen zu entschuldigen
          wie auch all die Niedergedrückten und Würde-Suchenden
          Helfenden, Lobenden, Hellsichtigen, Verblendeten und Fluchenden
und die Liebes-Enttäuschten, -fähigen und Liebes-Entzückten
ausgetrockneten Realisten und idealistisch Entrückten
          neben den Zupackenden oder Erschöpften und Resignierten
          den von Erfolgen Getragenen, Geehrten oder Verirrten:
Bewahrt euch alle euer Mitgefühl oder schaut nicht auf andere herab oder vorbei
denn leicht sorgt die Lotterie des Lebens dafür, dass man so wie ein anderer sei
          dessen Seele man versehentlich oder gewollt wegstieß oder runter drückte
          weil es weder mit der Weisheit oder Liebe glückte.

Mensch und Affe

Vieles kann ein Geschenk sein - oder eine Waffe

und so erweist sich auch mancher Mensch als weise oder gemeiner Affe

      wenn er z.B. mit einem Lächeln Zuneigung schenkt

      oder mit affigem Lächeln andere kränkt

und mit seinem Schweigen Achtung, Geduld und Zustimmung ausdrückt

oder andere durch Schweigen verletzt und zerpflückt

      und mit kurzen Antworten hilfreiche Klarheit bewirkt

      oder dahinter eine ablehnende Aggressivität verbirgt

und mit einem stillen Abwarten eine sanfte Freundlichkeit möglich macht

oder durch Stille eine verächtliche Gleichgültigkeit schafft

      und mit einer besonderen Beachtung jemand fördert

      oder harsch und rücksichtslos fordert

und mit seinem Stolz eine Achtung und Würde vorlebt

oder mit überheblichem Getue andere wie Untermenschen übergeht

      und mit Liebesverlangen eine tiefe Herzlichkeit zeigt

      oder in schamlos ausnutzender Selbstbezogenheit stecken bleibt

und mit Selbstdarstellungen andere freundlich inspiriert und anregt

oder mit dümmlich-selbstgefälliger Geste andere bei Seite fegt

und mit Wohltätigkeit anderen einen feinen Beistand leistet
oder Zuwendungen nur für seine Macht scheinheilig ausbreitet
und mittels der Gesetze Schwächeren Achtung und Würde entgegenbringt
oder mit Gesetzen Schwächere in benachteiligende Abhängigkeiten zwingt
und die menschliche Vernunft als höchst würdevolles Geschenk begreift
oder geltungs- und machtlüstern einem beschränkten Tierchen gleicht.

Hilfe der Phantasien

Aus Phantasien ist so manche ferne und schöne oder wilde Welt erbaut
um Seelen zu behüten oder wachsen zu lassen, geheilt oder aufgeraut
meist still entworfen und im Verborgenen geglaubt
doch absturzgefährdet für jeden, der vom Gipfel seiner Phantasien leichtgläubig
hinabschaut
weshalb einige Voraussetzungen für nette Phantasien zu beachten sind
damit ein Realitätsschock sie nicht böse zum Einsturz bringt
wenn es jemanden irgendwo stürzen und im Abseits liegen lässt
ohne dass er mit seinen Phantasien nach erreichbaren Wegen und Ufern fasst
denn das ist das Risiko bei der phantasievollen Suche nach einem bessern Land:
Manchmal zeichnet man nur kurzlebige Schemen in den Sand.

Zwei Ströme

Halte inne – um dich in meinen Armen abzulegen
dass wir die Kunst erforschen, durch Berührungen zu schweben
sobald wir uns einander überlassen und schenken
und überall mit Küssen bedenken
- also wirf alles ab und zeige Haut
dass ich deinen Herzschlag höre, nahe und laut
und wir uns wie Adam und Eva verbinden
um in uns eine gemeinsame Ankunft zu finden
weil wir uns öffnen und durchdringen
aufsteigen und ineinander versinken
wie zwei Ströme, die zusammenzufließen
mit keinem anderen Ziel als einander zu genießen.

Liebesleben

Es geschieht immer wieder
und hebt uns hoch oder drückt uns nieder
spontan oder mühsam und geplant
mit Übersicht - oder wenig gewarnt
mit einem unbedingten Willen, zueinander zu finden
oder nur, um sich flüchtig zu verbinden
mit der Absicht, gemeinsam zu wachsen und zu genießen
oder nur ab und zu ineinander zu fließen
offen oder mit versteckten Gedanken
sicher oder auf schwankenden Planken
einmal oder mehrmals in der Woche am Tag oder über Nacht
schöner oder weniger schön als gedacht
da mit einer Täuschung und dort mit Ehrlichkeit
hier mit Verdruss und dann wieder voller Zärtlichkeit
die Folgen einkalkuliert, abgelehnt oder hingenommen
hineingesprungen oder vorsichtig mitgeschwommen

um zumindest sich selbst zu ertragen
ohne zu viel zu wagend und zu sagen
mal in einem sprudelnden Bach oder einer mickrigen Quelle
heute als Zierfisch und morgen als Qualle
hin und her zwischen glühendem Vulkan und starrem Gestein
zwischen berechnendem Taktieren oder berauschendem Sein
da mit einem zweifelnden Streben
dort mit einem vollendeten Erleben
heute farblos statt freudig bunt
morgen wieder weich, wild, samtig und rund
mal ängstlich verkrochen – statt munter und offen
mit einem ungestümen oder – zu - ruhigem Herzpochen
manchmal durch Geltungssucht befeuert und egoistisch verwaltet
oder hingebungsvoll entwickelt, dass eine Liebe nie erkaltet
voller liebender Erwartungen begonnen und zunehmend verflochten
und trotz mancher Brüche nie mehr zerbrochen
bei manchen bleibend ineinander angekommen
bei anderen hingegen nach kurzen Spielen der Lust verronnen
- so geschieht es immer wieder
denn im Liebesleben geht es auf und nieder
ohne Pausen und Halt durch die Zeit
und manchmal auch nur, weil ein Mensch sich nicht gerne langweilt.

Wenn nicht jetzt – wann dann?
Wenn du mich jetzt nicht küsst – wann dann?
Und wenn du dich nach dieser Umarmung nicht hingibst – wann dann?
Wenn du dich und mich heute nicht genießen kannst – wann dann?
Wenn du dir und anderen heute nicht vergibst – wann dann?
Oder wenn du deine Enttäuschungen jetzt nicht ablegst – wann dann?
Und wenn du an deinem letzten Tag nicht Abschied nehmen kannst – wann dann?
Doch für so manches fragende „wann?"
gibt es kein „jetzt" oder „dann"
sondern nur ein „vielleicht", „vielleicht nie" oder „irgendwann".

Heilende Phantasien
Sie wirken von den Fußspitzen
bis in die Kopfhaut und Fingerspitzen
tief unter der Haut und bis in den Magen
doch kaum einer will es offen heraus sagen:
So mancher Tag ist nur mit wilden Phantasien zu ertragen
damit Niedertracht und Unglück keine Seelen zerschlagen
und Erschöpfung und Trägheit nicht alle Pläne fressen
- wir würden uns sonst aufgeben und vergessen -
denn Phantasien können befreien, behüten und schützen
wo Gemeinheiten, Krankheiten und Tot ihre Messer wetzen
und Abschiede und Zerfall Seelen einschnüren
oder Arroganz und Überheblichkeit in eiskalte Räume führen
während Phantasien Türen öffnen und Brücken spannen
und manche Enge lindern und Verzagtheit bannen
- weshalb selbst „wilde" Phantasien keineswegs täuschen oder lügen
sondern manchmal in bessere Welten führen.

Begleiter

Ihr Toten

seid uns nah als Begleiter und Boten

denn seid ihr auch fern, so seid ihr noch da

so als ob es nie anders wird oder war

und wir können eure Seelen und Wege noch spüren

eure Herzlichkeit erinnernd fühlen und eure Gedanken berühren

und dabei sehen, was ihr liebtet und was euch bewegte

wie und was ihr gabt, nahmt und was euch bedrängte und aufregte

mit all euren widerstreitenden Interessen und manch vorsichtiger Distanz

vielleicht mit Zaudern, Missverständnissen oder gar Angst

und wenn wir uns mit euch vergleichen, so ist manches bei uns weniger groß

denn auch bei uns ist nicht alles toll oder gar grandios

und oft habt ihr zu uns Jüngeren geduldig geschwiegen

im Vertrauen darauf, dass auch wir irgendwann die Argumente genauer abwiegen

- und so reden wir täglich mit euch und ihr hört uns zu

als treue Begleiter für mehr Sanftmut, Gelassenheit und Ruh

habt ihr auch in eurem Leben – so wie wir – nicht immer genug davon gefunden

so seid ihr nun auf wunderbare Weise immer noch mit uns verbunden

- und wenn auch wir eines Tages gehen, so werden auch wir nicht alles loslassen

sondern weiter da sein – weil Lebende und Tote immer einander umfassen

als treue Begleiter, die voraus oder hinterher gehen und aufeinander warten

 auf ihrem Weg durch einen ewigen Garten.

Fragen

Du fragst mich, ob ich Probleme habe?

Oder Sorgen mit mir herumtrage?

Ja - das ist so seit ich lebe

wo ich auch gehe und stehe.

Und wie und was ich verändern und lieben kann?

Das versuche ich trotz aller Unzulänglichkeiten - seit ich begann.

Und ob ich genug gab - und bekommen habe?

Wer kann das schon von sich sagen?! Also führe ich keine Klage.

Oder wie sehr ich mich manchmal bei Seite gedrückt fühlte?

Ideale und Träume helfen, dass ich die Welt mit all ihren Fehlern sehe.

Und errang ich je ausreichend Wissen und Kraft?

Wer hat das je geschafft?!

Gab und gibt es Ängste, die mich gräulich begleiten?

Genügende – sie werden bis zum Schluss als schwere Sandsäcke auf mir reiten.

Werde ich morgen wieder möglichst munter aufstehen und weitergehen?

Ja – auch ich will nicht erstarrt nur zu Boden sehen.

Und werde ich des Abends zufrieden in mir ankommen?

Vielleicht – doch wie schnell sind solche Momente verronnen?

Sind irgendwelche Abschiede weniger schmerzlich geworden?

Nein – doch das halte ich inzwischen besser verborgen.

Werde ich nochmals etwas neu – oder anders – beginnen?

Die Melancholie und Gewohnheit haben noch nicht endgültig gewonnen.

Kann ich mich bei all den Antworten selber gut ertragen?

Ich antworte nicht auf alle Fragen

denn bessere Antworten kann ich nicht geben

- so lass uns heute möglichst gut und zärtlich leben.

Nicht alles geraubt

Der Tod kann uns nicht alles rauben
solange wir an ein liebevolles Wiedersehen glauben
denn wenn zuletzt auch nur körperliche Reste in der Erde ruh'n
fühlen manch Liebende: „Das kann unserem Zusammensein nichts antun"
- oder ist das „nur" eine tröstliche Phantasie?
Das Gute daran ist: Das irdische Leben widerlegt sie nie
denn obwohl ein irdisch-körperliches Wiedersehen unwahrscheinlich bleibt
weil jede menschliche Hülle nun mal irgendwann vergeht und schweigt
so wissen Liebende doch, dass sie weiterhin ineinander ruh'n
auch wenn der Tod alles ändert – ihrer Verbundenheit kann er nichts antun.

Reife Früchte

Erinnerungen können wie reife Früchte sein:
Gut aufbewahrt sind sie keineswegs wie alter saurer Wein
sondern nahrhafte Früchte – etwa: Wie kommen wir gut heim?
Was war Illusion, was Schwäche – und was gelungen und fein?
Denn unterschiedliche Bilder und Wege bewahrt die Erinnerung
mit Scheitern, Lust, Erschöpfung für alten und neuen Schwung
damit wir gut orientiert weitergehen
und mehr als nur verschwommene Schemen hinter und vor sich sehen
zumal wenn andere vorlaut zu wissen glauben, was die besten Wege sind
auf denen man andere Seelen angeblich besser an ihre Ziele bringt
- denn Erinnerungen können wie gute Früchte sein:
Manche sind vielleicht mit den Jahren vergoren, doch andere geschmackvoll gereift
und fein.

Langweilige Ewigkeit?

Manche sagen: Eine Langweile der Ewigkeit
käme unweigerlich für jeden mit einer unendlichen Lebenszeit
- doch ist das nicht eine für Sterbliche so dürftige wie dürre Illusion?
Wäre die Ewigkeit wirklich irgendwann endlose Last und Frohn?
Würde eine Erschöpfung wirklich alle Lust in den Staub werfen
und durch ewig Gleiches alles, was wir ergreifen, wie Überflüssiges abstreifen?
Oder könnten wie lernen, mit ewigen Wiederholungen umzugehen?
Doch bedrücken nicht schon alltägliche Wiederholungen manch irdisches Leben?
Oder ist eine seelische Erschöpfung nur durch körperlichen Verfall gegeben?
Könnte sich also eine Seele in einer stabilen Hülle ewig lustvoll bewegen?
Kann sich ein Karussell nicht für viele tausend Jahre jubelnd drehen?
Wie lange könnten pulsierende Sinne endlose Wiederholungen überstehen?
Doch da es dazu – soweit man im Leben sieht -
keine verlässlichen Antworten gibt
bleibt es nett, mit der Hoffnung auf eine persönliche Ewigkeit zu leben
um uns die größten Abschiedsschmerzen zu nehmen
- und wenn uns dann die irdischen Grenzen oder Götter solches versagen
ist es angenehm, die Idee eines ewigen Lebens bis zum Beweis des Gegenteils in
sich zu tragen.

Bitte keine Antworten

Wie war der Tag und die Nacht?

Was haben wir gestern und heute „durchgemacht"?

Hat uns ein kräftiger Strom getragen

dabei sanft genug, um sich aus den Verstecken der Seele herauszuwagen?

Oder wird noch mehr Vorsicht nötig sein, um uns keine Schmerzen zu bereiten?

Welche Pfade können wir noch finden, um sie mit Lust, Mut und Würde zu

beschreiten?

Wo haben wir zu wenig getan und zu lange zu – oder gar weggeschaut?

Zu sehr darauf gewartet, dass ein anderer etwas Gutes aufbaut?

Hatten wir die Kraft für ein Lächeln, dass den Tag oder den Schlaf versüßt?

Dazu eine Liebe, mit der man freudig die Nacht begrüßt?

Wie sehr dürfen wir hoffen, dass die ewige Dunkelheit heute noch nicht zugreift?

Oder dass ein Gebrechen einen nicht in einen elenden Warteraum vor dem Ende

schleift?

Solche und andere Fragen hält jeder neue Tag reichlich bereit

mit einer stillen Bitte: Für manche Antworten sei heute noch nicht die Zeit.

Letzte Überfahrt

Alter Fährmann

es ist nicht viel, was ich dir sagen kann

wenn du kommst - nur dies: „Nun setze mich über

denn geliebte Menschen sind bereits am anderen Ufer – sie gingen früher

und sie alle bestiegen unwillig dein Boot in die große Dunkelheit

und manche waren noch nicht erschöpft von ihrer Zeit

und alle haben so lange wie möglich zurückgesehen

hoffend, einander wiederzufinden, auch wenn sie von dannen gehen

um einander nach der Fahrt wieder zu spüren

so wie Wolken, Wassertropfen und Vogelstimmen sich verbinden und berühren

und so habe ich mit den Jahren deinen Paddelschlag schon einige Male gehört
dabei gesehen, wie Menschen dein Boot besteigen – traurig bis verstört
und darum bin ich in Gedanken oft schon nicht mehr ganz hier
sondern schaue zum Horizont und erwarte dein Klopfen an meiner Tür
und es wird - wie seit Ewigkeiten - zu früh und ungebeten sein
denn auch ich lasse dich nicht gerne ein
auch wenn ich mit trotzigem Stolz sage: „Nun setze mich über"
hoffend, es wird eine Fahrt zu den geliebten Menschen von früher
- doch eine weitere Bitte habe ich: Du mögest mich möglichst sanft übersetzen
um mich nicht unnötig zu verletzen.

Schwierig

An ihren Taten sollst du sie erkennen:
Ob Seelen mitfühlend und liebend brennen
oder nur selbstgefällig an sich denken
und – belehrend, bevormundend - andere zum eigenen Vorteil lenken
oder ob sie sich mitfühlend einsetzen, hingeben und verbinden
oder ihre Lust und Bestätigung durch Überheblichkeit und Übergriffigkeit finden
- doch bleibt eine Schwierigkeit: An den Taten allein ist oft nicht klar zu erkennen
ob Seelen gefräßig andere verschlingen oder liebevoll und wärmend brennen
weil man so manche Spielchen der arroganten Täuschung leicht übersieht
mit der so manche Seele andere geschickt getarnt niederdrückt und übergeht
ob also etwas geschieht oder unterbleibt, um zu helfen oder zu kränken
oder um voller Gleichgültigkeit die Arme gegenüber anderen zu verschränken
oder ob „nur" eine Überforderung zu einer Untätigkeit führt
weil jemand erschöpft keine Kraft und Zuversicht mehr spürt
- was es schwierig macht, Menschen an einzelnen Taten zu erkennen
doch an ihren Worten? Wer kann dabei Wahrhaftigkeit und Täuschung sicher
trennen?

Quittung

Haut es einen vom letzten Stühlchen runter
sind die Betroffenen dabei selten munter
doch wird jedem irgendwann das letzte Sitzmöbel entzogen
und man fällt oder sinkt unfein zu Boden
wissend, man wird sich nicht mehr hochstemmen
nicht weiter genießen, flüchten, nie mehr rennen
denn sind die Kräfte erst mal weitgehend entzogen
folgt eine Reise der Seele raus aus dem Körper und hinein in den Boden
während eine Hoffnung noch letzte Reste der Lust festhält
womit sie sich schützen will während sie fällt
bis ein Leben wie Papier in einer Pfütze aufweicht
und kein Schlaf mehr für eine Erholung erreicht
was die Seele vorab als Übel oder gar als Gemeinheit quittiert
weil auf der letzten Rechnung des Lebens steht, dass man alles verliert
und deshalb variiert die Höhe der Rechnung weder mit Lust noch Frust:
Stets ist der Maximalbetrag fällig – auf einmal und am Schluss
unabwendbar und eiskalt überreicht:
Der Tod ist die Rechnung, mit der man ein Leben begleicht.

Erbe

Egal wer und wie die Vorfahren waren
ob sie sich weise oder dümmlich, warmherzig oder kalt benahmen
so bleibt man als Abkömmling immer ein familiär Gefangener und Beschenkter
ein mehr oder weniger gut vorgeprägter Mensch – Freier wie Eingeengter
jemand, der gerne neue Wege sucht und oft „nur" alte findet
und der sich nie ganz von seiner Herkunft losbindet
und darum kann man über Gene, Prägungen und Umstände sich freuen oder
schimpfen
versuchen, Überbrachtes abzulegen oder sich mit neuen Ideen zu impfen
oder fabulieren, dass man ganz anders sei als die, die voraus gingen
ohne über familiäre, gesellschaftliche und genetische Vorgaben nachzusinnen
obwohl man seinen Vorfahren teils in Mimik, Tonfall und Gesten gleicht
hoffend, dass man von deren Charakterzügen manchmal abweicht
was zu beunruhigenden und doch spannenden Fragen führen kann:
Wie weit reicht der Vorfahren genetischer und sonstiger Bann?
Welche Momente sind es, in denen die Illusion einer freien Wahl im Leben wie eine
Welle am Strand verebbt
weil man neben Genen und Verhalten auch die Lebensumstände und Erziehung tief
in sich mitschleppt?
Auch Dinge, die man seinen Nachkommen nicht immer gerne verraten möchte
weil sie das um manche Hoffnungen und Illusion brächte?
Was zu der nächsten Frage führen kann: Was hilft solches Klagen und Fragen
In der familiären Lotterie mit zufälligem Glück und Schaden?
Und was bleibt noch übrig für eine weitreichende Gerechtigkeit?
Wie befreit sind wir von den Fesseln und Begünstigungen der Erblichkeit?
Zudem ist auch noch eine gleiche Würde für viele Privilegierte ein Graus
denn dann fielen für die Begünstigungen in der schamlosen Lebens-Lotterie die
Vorteile geringer aus
weshalb Mächtige gerne mit gezinkten Karten – oder Schweigen - der Gerechtigkeit
noch zusätzlich eine kalte Schulter zeigen:
Besonders für sie soll eine Gesellschaft „stabil" und „bewährt" bleiben.

Warten

Worauf warten all die Zurückgezogen oder wie erstarrt Verharrenden
Stummen, Abgewandten oder in sich Gefangenen?
Wie viele hocken auf einem Sofa oder am Straßenrand
und warten – und wie es scheint: Wie gelähmt, gefangen und verbannt
darauf, dass ihr „richtiges" Leben endlich beginne
oder die Zeit – die kaum ihre ist – möglichst schmerzfrei verrinne?
Wie lange bleibt die Hoffnung, dass sich noch etwas zum Besseren wende?
Und wenn man sieht, dass sich nichts ändert: Wie hält man durch bis zum Ende?
Und so haben sich viele abwartend zurückgezogen
und halten ihre Verlorenheit und ihre Enttäuschung verborgen
was nur mit einem „versteinerten" Warten zu ertragen ist
während sich manche Seele dabei langsam selber auffrisst
damit ein bedrücktes Leben gerade noch erträglich verrinne
und die Zeit vielleicht noch etwas Abwechslung bringe
mit der Hoffnung, es komme doch noch irgendwann ein blühender Garten
- wenn sie nur geduldig genug warten und warten.

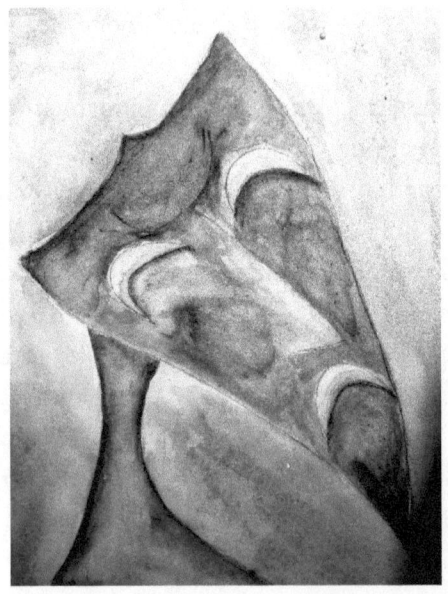

Geister

Zu nächtlicher Stunde

saß ich allein mit den Geistern meiner Wünsche und Wunden in bewegter Runde

und sie zeigten mir mit all ihrer Macht und Kraft

was Lust und Enttäuschung alles bewegen könnte und erschafft

und dafür trieben sie den Schlaf wie einen lästigen Bettler fort

da war für einen sanften Schlummer keine Zeit mehr und kein Ort

und sie erzählten mir von meinen Fehlern und Enttäuschungen

von Hoffnungen und Verwundungen

wie auch von Rettungsphantasien und erträumten Genüssen

vieles versteckt oder längst verflossen oder fast vergessen

und lange wollten die Geister nicht mehr von mir weichen

ich sollte sehen, welchen ungestümen Schemen sie gleichen

stark und fordernd bis in die Morgenstunde

in einem heftigen Tanz – eng und bedrängend Runde um Runde

um mir ihre und meine Abgründe und Lichter zu zeigen

raunend: Du kannst uns nicht vertreiben - wir werden immer bei dir bleiben.

Himmelstor

Mein Herz hungert

während es zweifelnd herumschlingert

      auf der Suche nach Liebe, Abenteuern und schönen, idealistischen Zielen

      zwischen Wünschen und Grenzen hin- und hergetrieben

auch wenn es bisweilen nur herumlungert

doch das ändert nichts: Das Herz hungert

      denn bin ich auch mal erschöpft oder gefangen liegen geblieben

      ich muss weiter, um täglich bis vor ein Himmelstor zu ziehen.

Rational

Den Versuch, in das Dunkel oder das Nichts zu fassen
das einen mit dem Tod erwartet: Den kann man unterlassen
denn einem Nichts ist mit keiner List etwas abzuringen
 - andererseits mag der Versuch auch Funken der Hoffnung bringen
etwa mit der Vorstellung von einem Weg oder Tor
mit irgendetwas dahinter – wenn auch anders als davor
während sich der Körper im Licht oder Dunkel auflöst
und die Seele die irdischen Grenzen abstößt
damit sich das träumende Herz an einem belebten Irgendwo festhält
- auch wenn das Bild mit nahendem Ende Risse bekommt oder zerfällt -
und so ist es rational, mit seiner Vorstellungskraft ins Dunkel zu fassen
denn wenn nichts mehr kommt kann man dabei auch nichts falsch machen oder
verpassen.

Gewiss

Das Leben gleicht einem Kartenhaus?

    Gewiss: Man baut es mühsam auf, bis es in sich zusammenfällt.

Und zum Schluss hofft man auf einen seligen Weg hinaus?

    Gewiss: Weil dies der Seele bis zuletzt ihren Kern erhält.

Obwohl jede Seligkeit flüchtig ist und eitel jeder Applaus?

    Gewiss: So ist die Welt.

Mit verletzlicher Sinnlichkeit als einzigem Halt für das Kartenhaus?

    Gewiss: Was sonst ist es, dass ein Leben antreibt und aufrechterhält?

Begleitet von Stürmen voller Hitze, Kälte, Liebe und Graus?

    Gewiss: Mal wird man erfüllt und beschenkt, mal verletzt und entstellt.

Alles als eine Kette von flüchtigen Momenten, so zerbrechlich wie dünnes Glas?

    Gewiss: Weshalb ohne ständiges Lieben und Mitfühlen das Beste zerschellt.

Antworten

Wem du gleichst?

      Warum willst du das wissen?

Und ob du ihm oder ihr mit deinen Gaben und Launen ausreichst?

      Bitte keine Fragen – die haben schon manche Zufriedenheit zerrissen.

Oder wonach du im tiefsten Innersten suchst - oder gar schreist?

      Du schweigst - und wirst weiterhin manche Erfüllung vermissen.

Und wem du zu wenig oder zu viel gibst?

      Wer und was hat dich im Leben mehr bestärkt als verschlissen?

Oder was hat dich an dir selbst so erschreckt, dass du es vor dir verbirgst?

      Manches hält man um des Friedens willen besser tief in sich verschlossen.

Und hast du gelernt dir selbst zu vergeben, indem du anderen vergibst?

      Doch welche Seelenschmerzen hat man je ganz weggeschmissen?

Oder was versuchst du ungeschehen zu machen, indem du es vergisst?

      Welches Vergessen hat je tiefe Seelen-Wunden geschlossen?

Und was suchst du, wenn du dich zu ihm oder ihr legst?

      Nur Ruhe? Oder genug, um dich grenzenlos ineinander loszulassen?

Gewohntes

Wer wartet nicht - auf irgendetwas - „ewig"?

Wer hofft nicht auf erfüllende Abenteuer stetig?

Und wenn man es dann erreicht hat: Wie ist es, danach weniger zu finden?

Was geht verloren, wenn Wege und Träume endlich gelingen?

Und wie läuft man mit reduzierten Zielen dem Ende entgegen?

Wie dürr, trocken und verschrumpelt werden wir unsere Zeit ableben?

Muss man stets Neues finden, um sich lebendig zu erhalten?

Das ist eine Illusion: Seelen müssen lernen Gewohntes zu lieben – oder gehetzt und ausgebrannt erkalten.

Palast und Bruchbude

Palast, solides Haus oder Bruchbude – wem gleicht deine Liebe?

Sind es gemütliche und sinnenfrohe Räume – oder wechselnde Stürme der Triebe?

Ist deine Behausung vor Erdbeben einigermaßen geschützt

oder ist sie so fragil, dass der Bau schon bei kleinen Erschütterungen wenig nützt?

Lässt du dich voller Illusionen in einem Kartenhaus nieder

hoffend, du fändest dich irgendwann in einem Palast der Liebe wieder?

Spekulierst du darauf, dass sich eine Hütte auf Dauer vielleicht als prächtig erweist

nur weil das Fundamente nicht gleich splittert und reißt?

Du hast gehört, dass manche partnerschaftlichen Prachtbauten nach Jahren „überraschend" umkippen

als würde jemand mit einem Finger dagegen schnippen?

Weil hinter prächtigen Fassaden keine tragenden Balken sind

da weder Lust noch Achtung die Partner wieder zusammenbringt?

Manchmal zeigt sich erst nach Jahren, ob weise Baumeister am Werk waren

oder egoistische Seelen, die nie aus ihren Bruchbuden herauskamen.

Dann ...

Mit der Fülle deiner Träume
deinen Kräften und deiner Wärme
und der Sehnsucht und Verletzlichkeit unserer Seelen:
Willst du mich zu deinem Begleiter erwählen?
      Mit deinen Erwartungen und deiner Erfahrung:
      wagst du die Einladung
      mit mir in eine gemeinsame Welt einzutreten
      um einander liebend zu öffnen und hinzugeben?
Dann zeige mir deine Träume
mit all deiner Kraft und Wärme
dass wir uns – alles? Nicht alles? – zeigen, schenken und erzählen
also dann ... du musst mich nur erwählen!
      Du sagst: So einfach sei das nicht?
      Und die Zukunft liege nicht einfach und offen im hellen Tageslicht?
      Na dann musst du wohl deinen Träumen folgen
      und liebend gestalten - anders kommen wir nicht in uns an.

Sauseschritt und Hintern-Tritt

Geburtstags-Gedichte mit Texten wie: "Die Zeit vergeht im Sauseschritt"
werden meist erst verlesen, kommt der Adressat schon etwas aus dem Tritt
sobald unübersehbar wird: Die Zeit hat Sie (oder Ihn) schon arg mitgenommen
denn Sie hat mit den Jahren etliche Schrammen und Narben abbekommen
und als Zugabe reichlich Falten, knackende Gelenken und Muskelschwund
und auch das Herz und die Leber sind vermutlich nicht mehr ganz gesund
und doch möchte man der Gefeierten Mut zusprechen – oder zumindest nicht klagen
und ihr etwas Nettes im Sinne von: "Es geht für dich bestimmt noch weiter" sagen

auch wenn sie sich immer mehr schleppt und öfter als gewollt innehält

bis Sie erst zurück - und dann ganz – in sich zusammenfällt

weshalb der Satz: "Die Zeit vergeht im Sauseschritt - und nimmt dich mit"

auch bedeutet: „Bald bekommt du den heftigsten Hintern-Tritt."

Welches Haus?

Du suchst besonders für deine Seele ein gutes Haus

um darin geborgen zu sein?

Willst raus aus deinem Kartenhaus

abgesichert durch ein Sein ohne täuschenden Schein?

       Und doch verkriechst du dich des Öfteren in einem Schneckenhaus

       tief verschlungen, eng und klein

       oder erfindest für dich ein Luftschloss mit erträumtem Applaus

       um wenigstens in dir willkommen zu sein?

Oder du zimmerst dir eine unscheinbare Seelen-Bude

als Versteck – doch auf Dauer zu wackelig für ein Heim

denn da bildet sich bei schon bei einem kurzen Unwetter in deiner Bude rasch eine Regen-Suhle

- so sollte kein Heim sein?

       Also suchst du weiter nach einem stabilen Verschlag

       solide und einfach, der beim nächsten Sturm nicht zusammenbricht

       auch wenn dich dafür mancher weniger achtet oder mag:

       Du bleibst lieber abseits von hellstem Glanz und strahlendem Licht?

Doch das alles geht nicht ohne ein Stein um Stein solide gebautes Haus

um in dir geschützt und geborgen zu sein

denn mit einem täuschenden Schloss oder Kartenhaus

bedient man nur allzu leicht anderer Leute Illusionen und äußeren Schein.

Weder naiv noch schnöde

Wenn es heißt: Lege nun die schönen Gedanken ab

denn deine Lebenszeit wird jetzt knapp

und es naht die größtmögliche Pleite mit einem kurzen: „Es ist aus

du musst demnächst aus deinem unterhaltsamen Körper raus"

dann kommt die Zeit, wo sich die Frage aufdrängt

was das Sein danach noch bringt

und was vom geliebten Leben noch mitzunehmen sei

- also mehr als nur ein gründlich aufgelöster irdischer Brei.

Denn bitte: Was soll das alles ohne ein irgendwie ewiges Dasein?

Was wird denn aus unserer vertrauten Sinn- und Zärtlichkeit?

Doch da die Zeit seit jeher beharrlich zu solchen Fragen schweigt

gönne ich mir den Traum, dass uns ein wunderbarer gemeinsamer Weg verbleibt

denn diese Vorstellung ist mangels irdischer Erfahrung nicht gänzlich blöde

und damit zauberhaft - und weder schnöde noch öde.

Die Einen und die Anderen

Alle Seelen haben eine dünne Haut
doch sind deshalb nicht alle einfühlsam gebaut
denn die einen sind mitfühlend und fein
andere hingegen grob, egoman und gemein
oder verzichtbereit, weise und würdevoll
andere aber eitel, geltungssüchtig, bissig und toll
oder die einen erweisen sich als hilfreich, sanftmütig und galant
andere hingegen herabblickend, überheblich, aufdringlich und arrogant
und die einen streben nach einem von Herzlichkeit erfüllten Sein
andere sind getrieben von Macht und blendenden Schein
oder die einen sind freundlich, zart und hilfreich
andere – zumindest gedanklich - Schlägern, Betrügern oder Mördern gleich
und die einen sind innerlich groß, reich und doch bescheiden
andere können aus eigener Seelenarmut die seelisch Reichen nicht leiden
und bei den einen ist im Herzen der Tisch reich gedeckt
doch andere haben ihre eigene Seelendürre nur raffiniert versteckt
und so sind die einen voller Liebe und Hingabe
doch andere nutzen vorrangig ihre parasitäre Gabe
und die einen sind durch ihre Gerechtigkeit würdevoll und prächtig
andere durch Verachtung Schwächerer gefährlich, heimtückisch und mächtig
- und so bauen die einen an besseren Welten
wofür sie anderen als „dumm", „naiv" oder „verträumt" wenig gelten
denn sie möchten einen Frieden voller Achtung entfalten
während andere nur sich selbst hochhalten
womit die einen ein freies und behutsames Leben aufbauen
während andere - gesellschaftlich gut getarnt – täuschen, klauen und rauben
kurzum die einen mit ihrem Herzen Weisheit und Erfüllung erreichen
während andere mit Eiterbeulen im Herzens herumschleichen
- und darum kommen auch immer wieder schlechte Zeiten
weil Menschen immer wieder Liebe, Vernunft und Schönheit entgleiten.

Reich und frei

Du bist sanft
und dadurch behütend
spontan
und dadurch beflügelnd
leise
und dabei berauschend
wissend
und darum vergebend
leicht
und dadurch bestärkend
geduldig
und darum tröstend
mitfühlend
und dadurch heilend
lächelnd
und damit versöhnend
behutsam
und dadurch besänftigend
offen
und deshalb schützend
innig
und dadurch hoffend und beschenkend
- und es scheint. als sei deine Kraft und Geduld nie vorbei:
Wie hast du das nur geschafft: So innerlich stark, reich, weise und frei?

Magen

Selbst das prächtigste Weib oder der feinste Knabe

entgehen am Ende nicht dem Magen von einem Wurm oder einer Made

und damit wird auch die einst mit Liebreizen wunderbar lockende Maid

erst schrumpelig und dann von Schaben, Fliegen, Bakterien und Pilzen zerteilt

und der einst als groß titulierte Mann oder die hoch verehrte Frau

werden ganz klein zerlegt in des Grabes feuchtem Bau

und so blickt alsbald keiner mehr zu ihnen auf

denn gefräßig, vergesslich und gleichmachend ist der Zeiten Lauf

dass jeder, der sich vor Stolz einst aufblähte und herrisch quakte

verstummt im Magen von Wurm und Made

was für Liebende aber nicht gelten muss, denn sie bleiben füreinander bestehen:

Wenn einen gnädigen Himmel gibt werden sie einander wiedersehen.

Vergleich

Verglichen mit dir ...

sollte sich ein Gott mehr als derzeit sichtbar anstrengen

und sich aus seinem Versteck im Himmel heraus zwängen

denn mit deiner Zärtlich- und Fürsorglichkeit schlägst du ihn um Längen

und bei deinem feinen Kuchen lässt man jeden Paradiesapfel hängen

und verkündet ein Gott, er könne ewiges Dasein nach dem Leben anbieten

dann sollte er baldigst Beweise liefern - so übel wie manche Dinge auf Erden liegen

denn solche Versprechen sind leicht dahingesagt

während sich so mancher schmerzhaft krümmt, vegetiert und würdelos plagt

- und außerdem kannst du am Tag und bei Nacht schon manches Schweben bieten

um himmlische Konstruktionsfehler durch wunderbar zarte Momente aufzuwiegen

und zudem: Ist die Aussicht auf ewiges Leben in Gottesschriften auch nicht schlecht

so ist das kein Ausgleich für all den irdischen Schmerz und alles Unrecht

und darum müsste sich ein Gott – im Vergleich mit dir – erheblich anstrengen

und sich aus seinem überirdischen Dunst heraus zwängen

damit er nicht wie ein hilflos träumender Vagabund der Ewigkeit dasteht

dem es nur um seine Anbetung, Verehrung oder ungestörte Ruhe geht.

Oder?

Was habe ich vollendet
 - oder nur beendet oder abgewendet?
Was vollbracht
- oder nur durchgebracht?
Was gestaltet
- oder nur hinhaltend verwaltet?
Wo bin ich schöpferisch aufgebrochen
- oder habe wiederkäuend halb Verdautes erbrochen?
Wie oft bin ich sehnsüchtig, hilfsbereit oder glücklich losgerannt
- und habe mir die Finger verbrannt?
Wo habe ich zu lange gezögert und nicht Abschied genommen
- und hätte mit einem raschen Ende Besseres gewonnen?
Was bewirkten mein Handeln und Hoffen
- und auf welches Fundament konnte ich dabei pochen?
Kam ich liebend in dir und mir an
- oder war es zu wenig, was ich kann?
Was konnte ich zart und hilfreich bewegen
- oder musste es unerledigt bei Seite legen?
Wie oft bin ich im richtigen Moment gestartet
- oder habe zu lange gewartet?
Wo konnte ich glücklich stranden
- oder musste ausgenutzt, ausgelaugt oder verloren versanden?
Was konnte ich Tag für Tag schönes schenken
- oder ließ etwas unbeachtet in einem Schweigen versinken?
Wie oft bin ich verletzt – und doch scheinbar unbeeindruckt - weitergegangen
- oder erschöpft und resigniert kaum noch aufgestanden?
Was werde ich zum Schluss noch liebevoll sagen
- oder gewinnt dann endgültig ein stilles Aufgeben und Verzagen?
So begleitet ein „oder" fast jeden Moment
während man zwischen Träumen, Versprechen und Grenzen hin und her rennt.

Könnte ...

Geburtstage können nett sein

      wenn die Zahl der Lebensjahre nicht zunehmend stört

und sie können von Jubel begleitet sein

      solange nicht eine verlorene Kraft und Zuversicht den Jubilar verstört

und Geburtstage können Anlass für einen erneuten Aufbruch sein

      wenn der in die Jahre gekommene Weg nicht schon zu den besonders

      Absturz-gefährdeten gehört

und Geburtstagsfeiern können fröhlich sein

      solange eine Liebe oder andere nette Perspektive betört

und vielleicht könnte so ein Tag selbst für ein altes Herz versöhnlich sein

      wenn es gelassen auf seine Ängste und Sorgen sieht und hört

und zudem könnte ein Geburtstag anregen, „eisern"-optimistisch zu sein

      damit das Gruseln eines vielleicht letzten Geburtstages die verbliebene Lust

      nicht zerstört.

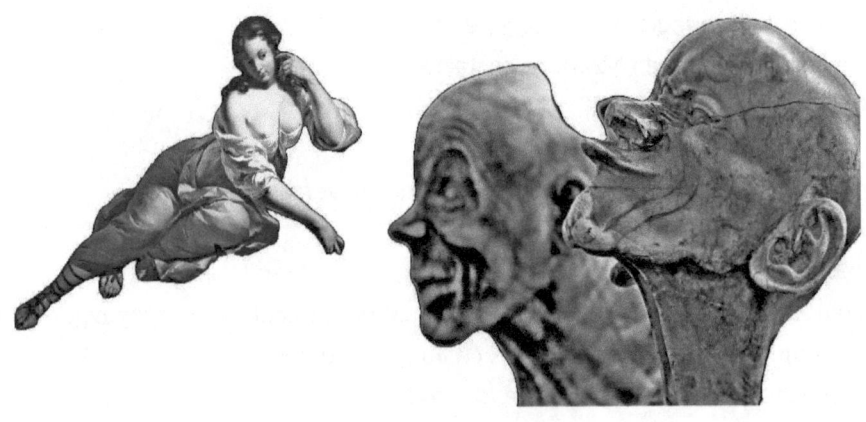

Willst du ...?

Willst du eine Geisterbahn-Fahrt erleben?

Dann musst du dir nur all die Kriege, Krankheiten und Gebrechen ansehen.

Und willst du dennoch möglichst lange deine – auch steinigen - Wege gehen?

Dann mache dich gefasst, in den Abgrund deines eigenen Verfalls zu sehen.

Und willst du lieben ohne Ende, bis du erschöpft niedersinkst?

Dann rechne damit, dass du dich um manche Illusionen bringst.

Und willst du gar die Welt nie verlassen?

Dann musst du versuchen nach eines Gottes Hand zu fassen.

Und wenn dir kein Gott eine Hand hinhält?

Dann kommt der Moment, wo ein jeder fällt und fällt

- es sei denn, man hat zusammen die Liebe für sich erkoren:

Liebende gehen einander nie verloren.

Wie, was, wann?

Wie sollten - und wie können - wir den Tag anfangen?

Was erwarten wir an Lust, Mühe und Bangen?

      Das Wichtigste kannst du mir heute Nacht zeigen.

Und wohin können wir noch kommen?

Gehen wir nur nebeneinander - oder haben wir uns innig angenommen?

      Darum zeige mir, wie wir uns heute in den Schlaf begleiten.

Und was haben wir an Sinn und Geborgenheit gewonnen?

Sind zu viele Momente wie Blitz und Donner gekommen und verronnen?

      So zeige mir, wie wir ineinander verweilen.

Und über das Enden müssen wir nicht reden?

Das wird sich - so oder so - wie Schnee über uns legen?

      So lasse mich spüren, wie es wäre, einander die Ewigkeit zu zeigen.

Aufgabe

Wenn Liebende erkennen: Sie (oder Er) liebt nur den eigenen Glanz
und darum nur sich selbst voll und ganz
ist es an der Zeit, diesem Ich-Glanz einen anderen Raum zu geben
und fortan mit anderen – angenehmeren – Menschen zu leben.

           Und wenn sich jemand berauscht an der eigenen Geltungssucht
        weil die Seele sonst qualmt und rußt, sobald die Bewunderung verpufft
            ist es an der Zeit, die Geltungssüchtigen sich selbst zu überlassen
               und sich mit gefühlvolleren Seelen zu befassen.

Und wenn jemand hauptsächlich danach strebt, Macht über andere zu haben
um die eigene Seele an einer vermeintlichen "Überlegenheit" zu laben
ist es recht, dass man diese Macht-Lüsternen alleine in „ihren" Sandkasten setzt
dass es keine anderen Seelen verletzt.

        Und wenn bei Liebenden die Erschöpfung so wächst wie das Haar ergraut
               ist es zu spät, dass man ein gemeinsames Haus erbaut
            denn es kommt keine Zeit mehr, Versäumtes nachzuholen
       - und so werden sich manche verbitterten Seelen nicht mehr erholen.

Doch wenn Liebende immer wieder zueinander finden
können sie einander nach Hause bringen
und das bis an den Rand der Ewigkeit
als eine wunderbare Aufgabe ihrer Lebenszeit.

Lerne: Weiter so

Erschöpft und verschlissen beschließt man: So geht es eigentlich nicht weiter
und der Bauch wird auch immer schwerer und breiter
und öfters brummt der Kopf und die Gelenke schmerzen
 - auch wenn man versuchst, darüber zu scherzen
besonders, weil manche Mädchen immer noch schön sind - oder angenehm
wohl wissend, mit ihren Blicken und Bewegungen verlockend umzugeh'n
doch die Kräfte schwinden, die Möglichkeiten bröseln und das Haar ergraut
und im Spiegel sieht man aus, als hätte man auf zerknülltes Papier geschaut
und auch die einst netten Ideen und Pläne, das eigene Leben zu gestalten
werden die Niederlagen durch die Zeit nicht mehr aufhalten
und die Werke eines Lebens werden von der Vergänglichkeit eingesogen
manch schöne Vorsätze sind schon mangels Erfolges und Beachtung verflogen
und so stellt man fest: Eigentlich geht es so nicht weiter
doch ist auch dieser Vorsatz so brüchig wie eine morsche Leiter
bei der mit jedem weiteren kräftigen Tritt Sprossen wegkrachen
womit die Frage bleibt: Wie gut kann man am Boden hockend noch lachen?
Da aber ohne einen freundlichen Trost alle Lebensgeister erstarren:
Lerne bei Zeiten, trotz alledem lächelnd am Boden auszuharren.

Lebensplan

Neben Sinn und Lust

Schmerz und Frust

gibt es immer und überall

Erschöpfung, Abschied und Verfall

wie auch Zuneigung, Fürsorglichkeit und manch überraschenden Kuss

trotz allerlei Enttäuschung, Wut und resignativem Schluss

womit jeder Lebensplan mal mehr und mal weniger zu Makulatur gerät

auch wenn man glaubt, dass man alles sicher abwägt

was aus den Tiefen des Lebens aufsteigt oder darin versinkt

und überraschend Freude oder Schmerzen und Trauer bringt

vieles so plötzlich wie ein Knall

mal mit nettem, mal hässlichem – und einem letzten – Echo und Schall.

Kein anderes Ich

Erschöpft gebeugt

manch Gestriges bereut

und doch ohne die Möglichkeiten neu anzufangen:

So ist Er (oder Sie) lange Wege rauf und runter gegangen

wobei Er nun die Schritte vorsichtiger setzt

die Muskeln und Seele müde und teils verletzt

doch will Er aufrecht durch seine Tage kommen:

Mehr hat Er sich nicht mehr vorgenommen

und dafür hat Er sogar seine schönsten Pläne aufgegeben

um nicht ein weiteres Scheitern mit zusätzlichen Schmerzen zu erleben

- sollen doch andere Ruhm, Bedeutung und Abenteuern nachhetzen:

Er will sich nicht mehr zusätzlich verletzen

und sich dennoch nicht aufgeben:

Denn ein anderes Ich kann er sich nicht zulegen.

Du musst

Du wirst Missachtung, Übel und Mühsal irgendwie ertragen
      um dich selbst mit Achtung anzusehen
denn du willst nicht verzagen
      sonst würdest du wie ein Stein untergehen
also musst du dich immer wieder ein Stück weiter wagen
      um vor dir selbst zu bestehen
und du wirst dir dafür hoffentlich Nettes sagen
      um dich zu bestärken – besonders wenn dich andere übersehen
denn du hast nur ein Ich – und das muss allerlei Gemeinheiten ertragen
      und sollte doch in Würde weitergehen.

Vor die Haustüre

Den Blick gesenkt
die Träume zu den Herbstblättern in den Wind gehängt
die verbliebene Kraft auf den nächsten Schritt gerichtet
und auf riskante Abenteuer der Seele verzichtet
dabei den Körper mühsam gestreckt
Schmerz und Trauer unter Schweigen versteckt:
So geht er vor die Tür, um leere Weinflaschen zum Müll zu tragen
viel mehr will und kann er nicht mehr wagen
nur die Straße nochmals entlang, um raus zu kommen und nicht zu verzagen
und die Seele und den Leib nicht zusätzlich zu plagen
dabei den Blick auf den Boden gesenkt
weil das innere Gleichgewicht an einem dünnen Faden hängt
vielfach geflickt und bedrängt
- so geht er vor die Tür: Für einen Moment weniger eingezwängt.

Heim?

Es ist aus
bemerkte die Laus
als sie Fingerspitzen sie packten
und knackten.

> Und irgendwann
> fällt auch das größte Blatt vom stärksten Stamm
> vertrocknet, verbraucht und rissig zu Boden
> zerbrochen und eingesogen.

Wie auch der stärkste oder eitelste Jäger
irgendwann bemerkt zu seiner Enttäuschung und seinem Ärger
dass all seine vermeintlichen oder echten Triumphe nicht mehr reichen:
Am Ende wird er einer Laus oder einem Herbstblatt gleichen.

> Und wie viele können dann sagen: Es war – durch mich - eine gute Zeit?
> Oder: Ich verlasse nun meine Welt mit Dankbarkeit?
> Denn ich durfte Teil einer bunten Welt sein
> und wenn ich nun gehen muss – gehe ich „heim"?

Gewiss ist nur: Am ehesten können Liebende solche Antworten geben
weil sie einander als Geschenk erleben
denn sie lassen sich nie ganz allein:
Sie finden immer wieder zu sich „heim".

Sie sind geübt

Sie sind geübt im hoffnungslosen Hoffen
      weil sie oft an verschlossene Türen pochen
und sie wissen zu schweigen
      weil sie gelernt haben, damit Ärger zu vermeiden
und sie können lächelnd Missachtung „übersehen"
      weil sie oft erlebt haben, wie andere sie geringschätzend übergehen
und sie verstehen mit erhobenem Haupt zu leiden
      weil sie dadurch verbliebene Würde und Stärke zeigen
und sie lernten zu warten und sich zu bücken
      weil Stärkere und Reichere sie sonst noch deutlicher runter drücken
und sie akzeptieren zurückzustehen und zu resignieren
      weil sie sonst noch mehr an ihren unerfüllten Träumen frieren
und sie sind trainiert, gesellschaftliche Trugbilder hinzunehmen
      solange Mächtige und Reiche ihnen dafür etwas Freiheit geben
denn sie sind geübt, seit jeher nur kleine Schritte zu mehr Würde zu wagen
      um nicht bei Seite gestoßen zu verzagen.

Träume

Träume

wachsen nicht so langsam wie Bäume:

       Sie schießen rasch in die Höhe.

Und selbst manche scheinbar „kleine" Erniedrigung

bricht sich nicht wie eine kleine Welle schnell in einer Brandung:

       So manche verebbt nie.

Wie auch mancher Abschied

nie vorüberzieht:

       Einige verfestigen sich für immer.

Und Begabungen sind oft Pilzen gleich

mit einem verborgenen Geflecht tief verborgen im Erdreich:

       Oft bleiben sie unentdeckt.

Sogar nette Bestätigungen haben nicht die Dauer von Steinen

sondern sinken nieder wie erschöpfte Wanderer mit müden Beinen:

       Die schönsten Beständigkeit finden sich oft nur in Träumen.

Und so ist auch die Missachtung wie ein hässliches Unkraut

dass die schönsten Früchte dauerhaft versaut:

       Manche ist nie auszureißen.

Nie lange

Dem Druck im Darm an einem stillen Örtchen nachgegeben

folgt dem Drücken, Warten und Beben

zumeist eine tiefe Erleichterung mit stiller Dankbarkeit

für eine wieder freiere und entspanntere Zeit

- was allerdings nie lange anhält

erstens, weil eine Stille allein einem selten lange gefällt

und weil sich zweitens ein Darm regelmäßig wieder prall füllt und dehnt

und man unruhig bis hastig ein Ende des inneren Überdruckes ersehnt

womit – wie fast überall – Sehnsucht und Erfüllung endlos miteinander streiten

und nicht nur im Darm abwechselnd Aufregung und Stille bereiten.

Die da unten

Sind warten

und warten

denn sie hoffen, dass man sie irgendwann sieht

- was aber nicht - oder nur soweit es unvermeidlich ist - geschieht

denn sie sind und bleiben „die da unten"

hinunter gedrückt oder herabgesunken

denn sie hatten nie ein hinreichendes Erbe oder die starken Fähigkeiten

um für sich Wege und Aufstiege "zu denen da oben" vorzubereiten

wenn auch „die da oben" gerne Aufstiegsmöglichkeiten "für jeden" verkünden

denn ein jeder könne durch Fleiß Wege finden, die „weit oben" einmünden

      - wissend, dass dies eine volkswirtschaftlich unmögliche Menge an Waren

      erfordert und darum zu den borniertten Lügen gehört -

damit kein Würde- oder „gleiche Chancen–Geschwätz" die Privilegierten stört

- denn „die da unten"? Sie sollen weiter warten und akzeptieren

dass gleiche Achtung und Würde bestenfalls zu den fernen Idealen gehören

mit der Illusion, dass ihre Anstrengung gleiche Chancen erschaffe:

Damit sie stillhalten und die Kluft zu den reichen Erben und Mächtigen weiter
aufklaffe

wofür man ihnen gerne billigen Trost spendet

weil es so für sie immer noch am besten sei – und zudem immer so endet

dass „die da oben" „die da unten" benutzten, übersehen und übergehen:

Man müsse denen „da unten" nur so viel lassen und zureden, dass sie lernen, mit
wenig zu überstehen.

Kommt oft

Gut und schlecht wechseln gerne und oft

wobei man hofft

das Gute möge länger bleiben

und sich als Gewinner zeigen

doch leider hat das Gute oft nicht die Macht für sein Recht

und darum geht es dem Gutem immer wieder schlecht

und darum ist man gut beraten

das Gute wie Schlechte zu erwarten

weshalb der Kluge versucht, auf das Übel vorbereitet zu sein

denn oft erweist sich eine nette Stabilität als trügerischer Schein

weil Unzulänglichkeit, Gemeinheit und Gleichgültigkeit stets mitbestimmen

sobald Triebe, Liebe und Lüste – manche grob – obenauf mitschwimmen

womit manche Begegnungen - überraschend oder vorsätzlich - toxisch werden

genug, um weisen und mitfühlenden Seelen mehr als nur einen Tag zu verderben.

Jetzt?

Gehofft, gearbeitet, behütet und geliebt
sich täglich bemüht und möglichst intensiv gelebt
sich dabei geöffnet und an- und zurückgenommen
in unbekannte Gewässer gesprungen, versunken und wieder freigeschwommen:
So haben wir jeden Tag neu begonnen und Interessen voran- oder zurückgestellt
manches behutsam im Dunkeln gelassen oder hoffend erhellt
haben uns weggestoßen oder angezogen und dabei möglichst nicht verletzt
- immer mit der Frage: „Schaffen wir es - nochmals – heute - jetzt?"

Feuer - ungeheuer

Der Seele inneres Feuer
ist einem selbst und anderen nicht immer ganz geheuer
und darum hält mancher sein inneres Feuer bedeckt
zur Beruhigung und Kontrolle gar vor sich selbst versteckt
um nicht verbrannt oder enttäuscht unterzugehen
- und so will nicht jeder sein maximales Feuer zeigen oder sehen -
mit seinem wilden Funkenflug
im ungestümen Wirken von Feuer und Glut
ungebremst um sich greifend und schwankend
fressend, zischend, springend und rankend
mit jedem Luftzug schnell und fauchend entfacht
vielleicht sogar manch Geliebtes hitzig zu Asche gemacht
um dann zu hoffen, die Asche möge bald verwehen
ohne dass die Wärme und Licht vergehen
- doch selbst so manch kleines Seelen-Feuer
ist als hitziges Spiel nicht jedem geheuer
fühlt sich auch jeder von Flammen angezogen:
Denn Glück, Scheitern und Angst sind stets wärmend und verbrennend miteinander
verwoben.

Beiläufig - dann rasch

Scheinbar beiläufig fragte sie: „Hast du Zeit?

Oder bist du verklemmt? Oder doch bereit

mich heute aufzunehmen und anzufassen

und die nächsten Stunden nicht mehr loszulassen?"

Womit sie mich mit wohligem Tatendrang an sich zog

und jede Langweile und Sinnfrage verflog

denn alle Antworten waren durch Berührungen zu geben

- so rasch verändert und beschenkt uns manchmal das Leben.

Weisheit

Du willst möglichst jeden achten?

Jedem das Leben reicher oder leichter machen?

Und dafür Schmerzen heilen oder vermeiden

besonders jene, die sich die Menschen selber bereiten

damit sie nicht auch noch an sich selber leiden

ohne das Geschick, sich selber bessere Wege zu zeigen?

Also hörst du gut zu, urteilst nie schnell und bist voller geduldiger Kraft

- doch manche verstehen nicht die darin liegende Weisheit, Güte und Macht –

während du über manche Herzensenge und Egomanie hinwegsiehst

und dich mit anderen behutsam ein Stück auf den Weg begibst

um mit einfühlsamer Geduld die Möglichkeiten zu ergreifen

an denen getriebene, ängstliche, raue oder traurige Seelen reifen

auch wenn manche deine Menschlichkeit nicht sehen

und über deine Hilfeangebote achtlos hinweg gehen

weil es ihnen an der Souveränität des Herzens mangelt

und sich so manche/r wie ein Affe durch das Geäst seiner Gefühle hangelt

anstatt - wie du – eine übertriebene Eitelkeit abzulegen:

Es erfordert Mut, Weisheit und Bescheidenheit, um Herzlichkeit zu geben – und

anzunehmen.

Leiden adelt

Sie möchte was besonders sein
zumindest bedeutender als andere – mit etwas Heiligenschein
und darum betont sie gerne, wie schwer sie es im Leben hat
denn bei all den von ihr zu tragenden Lasten wären andere längst matt und platt
oder wären geflüchtet oder abgetaucht, überfordert und inkompetent
im Gegensatz zu ihr: Sie, die vieles kraftvoll und großartig regelt und stemmt
wofür ihr eine erhabene Stellung „über" anderen zusteht
- denn wer hat schon ihre Größe, wie sie mit all ihren Belastungen umgeht?!
Und darum sei es richtig und wichtig, dass sie stets betont
wie toll sie ist, weil sie so viel auf sich nimmt und sich wenig schont
womit sie sich durch ihre Leistungs- und Leidensfähigkeit quasi selbst adelt
- und ein Schuft ist, wer sie durchschaut und für ihre eitlen „Leidens-Spielchen"
tadelt.

Eigentlich

Eigentlich könnte dir das Leben viel Nettes bieten

mit Anerkennung, Freuden, Gesundheit und Lieben

doch statt dir die dazu passenden Gelegenheiten an die Hand zu geben

und die verstreuten Puzzleteile passend zusammenzulegen

wird vieles von Geltungssucht und anderen rauen Trieben vertrieben

zerstört, versteckt, betrogen, verbogen oder verschwiegen

und darum die Fragen: Was hast du dir gewünscht - aber nie bekommen oder gemacht?

Wo warst du zu geduldig - hast zu viel mitgemacht?

Was hat man von dir gefordert – doch zu ungestüm oder zu sacht?

Wie oft hofftest du auf einen anderen Morgen – in ruheloser Nacht?

Wie intensiv hast du umsonst gewartet und gewacht?

Wie oft wolltest du dich befreien – von Arroganten verlacht?

Welche Feuer wolltest du entzünden – und hast nur Strohfeuer entfacht?

Wie sehr fehlten Gerechtigkeit und Mitgefühl – unterdrückt von überheblicher Macht?

Wie frei wolltest du sein – doch es fehlten die Freiheit, Mittel und Kraft?

Wer achtete dich – und wer nahm deine Seele mit eitler Besserwisserei in Haft?

Wie berauschten dich deine Fantasien – manche versteckt in einem tiefen Schacht?

Wer war behutsam und mitfühlend - und wer hat dich zu seinem Diener gemacht?

Eigentlich sind all diese Fragen täglich angebracht

- und manche würdevollen Antworten leider nur erdacht.

Flüstern

Große Pläne: Sie werden mit den Jahren zu Asche und Rauch

begleitet von knackenden Knien und fettem Bauch

dazu mit schmerzendem Genick und steifem Rücken

leicht zu sehen bei jeder Drehung und jedem Bücken

ergänzt um Schultern und Handgelenke voller Schmerzen
mit dem ätzenden Trost, darüber bemüht zu scherzen
um weiterhin zynisch-nett zu lächeln
und der Seele etwas Optimismus zuzufächeln
mit der Hoffnung: Noch verbleibt ein erträglicher Bereich
auch wenn da so ein Flüstern ist: „Der letzte Fährmann kommt vielleicht sogleich
um seines unabwendbaren Amtes zu walten
denn was du auch tust: Du wirst sein Kommen nicht aufhalten."
Doch da ist noch ein Flüstern: „Vielleicht hat er über Liebende nicht alle Macht:
Gehört den Liebenden nicht ein Weg durch die ewige Sternen-Nacht?"

Kurze Fragen und Antworten

Wie geht es dir? So lala.

    Liegt es an einer mühsamen Liebe? Na ja.

Und an erschöpfender Arbeit?

    Ja.

Gar an ausgebrannter Kreativität?

    Auch das: Sie wird löchrig und rar.

Und an zu wenig Sport?

    Wie wahr.

Und doch sagst du: Weiter so?

    Es ist ein eng begrenzter Weg – also: Na klar.

Doch ist der gut genug?

    Nein.

Was sollte sich dann ändern?

    Das ganze Sein.

Und was kann sich ändern?

    Wenig – bisweilen hilft nur ein tröstlicher Schein.

Soll ich noch weiter fragen?

    Lass es lieber sein.

Nur ein Letztes: Wie schmecken dir ihr Kuss, ihr Essen und ihr Wein?

    Sehr fein.

Horizont

Wenn Liebe den Horizont der Liebenden so weitet
dass einer den anderen noch über den irdischen Horizont hinausbegleitet
kann eine ewige Nacht kein Herz verschlingend umfassen:
Liebende müssen sich nie ganz los- und zurücklassen.

Stürme

Um unsere sinnlichen Wege und Verstecke zu entdecken
zu öffnen und wieder zu bedecken
      mit denen wir einander suchen und umgreifen
      damit verborgene Ziele und Pfade sichtbar werden und reifen
braucht es Stürme, die uns tragen und mit denen wir schweben
die sich auftürmen und sich wieder legen
      mit Berührungen, in denen wir branden und an einem Strand auslaufen
      wechselnd zwischen sanfter Ruhe und tosendem Rauschen
und darum: Um sich selbst und andere wirklich zu entdecken
hilft es nicht, sich vor Stürmen zu verstecken.

Wie viel?

Wie viele Zweifel bleiben einem Richter?
Welche Einsamkeit begegnet einem Dichter?
Wie viel Hilflosigkeit begleitet manchen Weisen
und wie viel Ziellosigkeit manchen Reisenden?
Wie stark ist die Verlorenheit von manch scheinbar Selbstsicherem
oder die Verächtlichkeit eines "Hochgestellten" gegenüber einem Schwächeren?
Welchen Stolz verteidigen die gering Geachteten
gegen die arrogante Eitelkeit der mit Macht und Ansehen Bedachten?
Wie stark ist die Ratlosigkeit manch Liebender und Wissenden
oder die Erschöpfung und Resignation von manch Helfenden?
Wie viel Liebe, Mitgefühl und Geborgenheit
gelingt manchem nie - oder kommt und geht zu schnell mit der Zeit?
Wie viele Herzen können so viel Mut, Gerechtigkeit und Freude schenken
dass Angst, Schmerz und Demütigung nicht dauerhaft kränken?

Feuer und Licht

Feuer sucht, frisst, verwandelt und vergeht
bis alles zu Asche geworden verweht
- und du willst ewig hoffen, lieben und leben?
Das ist niemandem unter einem Himmel mit Blitz und Donner gegeben
und so kann ein Leben auch „nur" einem Aufleuchten gleichen
solange die von vornherein eng begrenzten Vorräte reichen
für Momente voller Wärme und Licht
bis es eines Tages heißt: Mehr gibt es nicht.

Suche

Jeder und jede sucht sich Tag für Tag eine Welt
die für ihn etwas möglichst Passendes bereithält
um gestaltend oder flüchtend engen Räumen zu entfliehen
denn ein jeder will als König seiner selbst durch sein Leben ziehen
mit weiten Sprüngen oder möglichst noch akzeptablen Trippelschritten
starken Impulsen neben geduldigem Hoffen, Fordern oder Bitten
um sich frei zu erleben und Lasten und Begrenzungen zu verdrängen
die untrennbar an jeder Seele hängen
- denn erst mit dem letzten Herzschlag endet die Souveränität
deren Suche immer im Mittelpunkt jeder Selbstentfaltung steht.

Funkeln

Man verbringt viel Zeit mit einem Stochern im Dunkeln
auf der Suche nach einem steten inneren Funkeln
bei Tag und bei Nacht
weshalb man stetig Feuer entzündet und manche alte Glut bewacht
um wieder und wieder Altes und Neues zu erleben - bis es verweht
und dennoch lange nicht untergeht
wofür man liebt, aufgibt, vergisst, erfindet, schenkt oder bereut
und immer wieder etwas aufnimmt, formt oder als Asche verstreut
denn unstillbar ist das Seelen-Feuer
– ist es einem selbst und anderen auch nicht immer ganz geheuer.

Bollwerke

Wie sehen deine Traum-Verstecke aus?
Wie weit tragen sie dich aus engen Räumen des Alltags hinaus?
Wie oft erlaubst du dir träumend in die Ferne zu sehen
um dich anzuleiten und nicht verloren zu gehen?
Wie gut kannst du deine Hoffnungen so nähren
dass sie dir Freiheiten gewähren?
Und welche gedanklichen Sprungtücher und Matten hältst du bereit
damit ein eventueller Aufprall in der Realität nicht deine Seele entzweit?
Was wirst du noch an Träumen in dir tragen
wenn die letzten dunklen Schwaden dir „hallo" sagen?
Wirst du frei heraus sagen: "Wir bleiben liebend vereint"
auch wenn ein irdisches Nichts scheinbar alles verneint?
Kannst du deinen Träumen so viel Macht und Schönheit geben
um sie als Bollwerke gegen manch üble Begebenheiten zu erleben?

Mörderische Zeiten

Zu raubmörderischer Grausamkeit

sind immer irgendwo irgendwelche menschlichen Raubtiere bereit

um voller Verachtung zu zerstören, zu knechten und zu rauben

mit einem sich selbst eingeredeten und verblendeten Glauben

sie seien die Großen, die andere zu beherrschen haben

 - und so gibt es immer finstere und grausame Seelen in Scharen

mit Politikern, so elegant wie wortgewandt, mitleidlos und glatt

von denen keiner – außer Eitelkeit – eine besondere Würde, Weisheit oder Ehre

hat

weshalb sich zu viele Kreaturen voller Gier, Arroganz und Überheblichkeit gebärden

um hinter einer „erhabenen" Fassade eine Schande für die Menschheit zu werden

während sie Gier-getrieben Gleichgültigkeit, Leid und Unrecht verbreiten:

Immer wieder kommen für Raubmörder „gute" Zeiten

so dass der Weg in eine bessere Welt

immer wieder offenkundigen oder gut getarnten Gangstern zum Opfer fällt.

Wanderer

Die Seele ist ein Wunderwerk, das um Abenteuer und zugleich Geborgenheit ringt

sich selbst herausfordert und dabei in Schwierigkeiten bringt

wofür sie lächelt, auch wenn sie traurig ist

und sich hochstemmt, auch wenn ein Kummer an ihr frisst

 - doch geschieht das oft verborgen und still

weil sie stark, unverletzlich und ihrer selbst sicher sein will

gerade weil so manche menschliche Spezies danach trachtet

dass sie Traurige, Beladene und „Schwächere" für diese Empfindungen verachtet

weshalb auch eine niedergedrückte Seele oft scheinbar heiter weiter geht

weil sie möglichst „unberührt" nach ihrer Würde, Lust und Liebe strebt

als ein ungebeugter Wanderer mit klarer Sicht

auf seinem ganz eigenen Weg durch manches Dunkel und Licht.

Ruhe

Für eine politische Ruhe ist es „klug", die Ärmsten „mitfühlend" zu begleiten
um den Schwächsten und "Unfähigen" wenigstens ein minimales Lager zu bereiten
und ihnen für ihre geduldige Bescheidenheit etwas Unterhaltung zu gewähren
damit sie sich nicht allzu vehement beschweren oder gar wehren
denn an eine gerechte Arbeitsgesellschaft sollen die Schwächeren weiter glauben
können sie sich auch niemals - wie reichen Erben oder andere Privilegierte - einen
gehobene Wohlstand „aus den Fingern" saugen
und doch – so sagt ein Märchen - könnte jeder zu sattem Wohlstand finden
er müsse sich nur fleißiger als andere schinden
denn dann sei volkswirtschaftlich eine so riesige Menge an Gütern zu erreichen
um die Einkommensschwäche vieler Arbeitenden ohne Verzicht der Reichen
auszugleichen
und wer das nicht glaubt, sei - wie üblich - mit Illusionen hinzuhalten
doch wenn manche dennoch schreien und nicht gehorchen müsse man eben ihnen
den Strom und das Wasser abschalten
- aber geschickter sei es, die gesellschaftliche Kälte einer allzu Vermögens-
ungleichen Gesellschaft zu verhüllen
und die wirtschaftlich wenig Leistungsfähigen und Erblosen mit tröstenden Worten
statt Geld zu „stillen"
auch mit dem Hinweis, ihr Leben am unteren Rand entspräche ihren Fähigkeiten
denn Begrenzten, Frustrierten oder Belasteten sei kein besserer Los zu bereiten
und so sei es recht, den Schwächeren Wege zu den Armen-Stuben zu weisen:
Dort könnten sie sich ein warmes Essen und Unterschlupf leisten
und sich gegenseitig Aufmerksamkeit und etwas Würde schenken
um zu vergessen, wie sehr Geringachtung und Chancenungleichheit kränken
damit sie nicht laut in die Welt der Wohlhabenden hinein schreien:
Denn die haben alles "Recht", in schöneren Welten zu Hause zu sein
in denen der Konsum und die Achtung und Macht nett und prächtig sind
während man „denen da unten" wenig teilhabende Würde entgegenbringt
- also sollte man „die da unten" zumindest soweit helfend begleiten
um ihnen für die Stabilität der Ungleichheit ein ruhiges Lager zu bereiten.

Allein

Eine Zufriedenheit mit sich selbst war ihm nicht gegeben
und so konnte er auch mit anderen nicht zufrieden zusammenleben
also hat er sich irgendwann von den Menschen enttäuscht zurückgezogen
und ist in die Welt seiner Fantasien geflohen
weniger verletzlich, aber schmerzlich allein
geflüchtet in ein enges, aber sicheres Heim.

      Sie hingegen war stolz, „perfekt" und arrogant
      weshalb sie bei anderen stets etwas Unzureichendes fand
      was durch sie vorlaut belehrend zu korrigieren war
      auch wenn das nur zur "Erhöhung" ihres Ichs geschah
      womit sie zwar von sich glaubte, anderen nah und hilfreich zu sein
      doch die anderen durchschauten ihr Spiel - und so blieb sie viel allein.

Und auch Liebende fühlen sich bisweilen verloren
bei all dem sie umgebenden Unrecht, Leid und der Einsamkeit nicht geborgen
doch sie begleiten einander nach Kräften durch wechselnde Lebenslagen
mit Mitgefühl, Achtung und Zärtlichkeit ohne viel zu fragen
und so sind sie trotz mancher Verlorenheit nie allein
mit einer „Meisterleistung": Sie erschaffen sich ihr eigenes geborgenes Heim!

Wer?

Wer bekommt schon was ihm "zusteht"?
Wer kann so lange angenehm leben, bis er "freiwillig" geht?
Wer ist so privilegiert, dass ihn kein Unrecht niederdrückt?
Wer ist so perfekt, dass ihm das Wichtigste glückt?
Und wer hat schon so viel Liebe, dass sie wie ein Bollwerk hält?
Und so viel Mitgefühl und Zärtlichkeit, dass Ihn keine Verlorenheit anfällt?
Wessen Seele ist so "aufgeräumt", dass sie sich nie im Wege steht?
Und wer ist so abgeklärt, dass er nicht zittert, wenn es ihn bald wie Sand verweht?
Wer kann so gut in andere Seelen sehen, dass er sich selten täuscht?
Und nie über sich und andere in die Irre läuft?
Wessen Tag beginnt und endet nicht des Öfteren mit einem Warten
wie verwaist in einem verlassenen und verwilderten Garten?
Denn ein Leben, in dem man alles Erhoffte bekommt, kann es nie geben:
Dazu ist es nicht gemacht - und was möchte man nicht alles erleben?!
Wobei es richtig ist, dass man für sich selber im Mittelpunkt steht
weil ein Ich nun mal nicht gut an seinem eigenen Rand lebt.

Letzte Etappe

Du kommst an dein (Lebens-)Ende und ich höre dich sagen:
„Bleibe bitte noch bei mir - du gibst mir noch etwas Leben – du musst auch nicht
antworten oder fragen".
    Und ich nehme deine Hand, um dir noch etwas Leben zu geben
    hoffend, deine Seele könne dabei vielleicht nochmals kurz schweben
auf der letzten Etappe zwischen Resignation, Abschied, Liebe und Verzagen
weg von der Trauer, dem Schmerz und einem stummen Klagen
    und ich werde meine Hand und meinen Kopf neben dich legen:
    So kannst du dich etwas besser ertragen - mit deinem Rest an Leben.

Durch die Stadt

In der Stadt: Menschen laufen hin und her, vor und zurück
suchen nach Ablenkung oder einem irgendwie mitzunehmenden Stück und Glück
neben den Pärchen im Park - sie wollen nicht mehr voneinander lassen
und sind dafür bereit, manches zu übersehen und zu vergessen
und dort laufen Familien mit ihrem Wunsch, einander Geborgenheit zu geben
doch manche laufen nur nebeneinander her – jeder in einem anderen Leben
und da drüben sitzen Menschen in Büros - hoffend, der Erfolg sei ihnen sicher
neben den Niedergedrückten – Seelen zerdrückt wie weggeworfene Becher
und dort ist ein Altersheim – Endstation für hungrige Seelen
doch zu müde, um noch etwas anderes als den Rückzug in Erinnerungen zu erleben
und Kirchen sind offen – sie geben manchen Ängsten und Sehnsüchten Raum
oft gut versteckt, denn so manche Seelen hängen an einem dünnen Saum
- und so geht der Blick durch die Straßen und von Gesicht zu Gesicht
voller Betriebsamkeit, Erschöpfung oder Freude – und die Enttäuschten und
Trauernden? Die zeigen sich nicht.

Zu direkt?

Dir fehlt ein dich weich haltender Arm?
Dann komm zu mir – dann wird dir warm.
Oder bist du einsam?
So komm – dann sind wir es nicht mehr – oder gemeinsam.
Dich bedrückt ein schmerzlicher Verdruss?
Dann gib dich mir – für die Liebe - oder zumindest einen netten Genuss.
Und du kannst keine Entspannung finden?
Dann nimm mich – ich will sie dir zärtlich bringen.
Du fühlst dich gar verloren – dein Herz greift ins Leere?
Dann sei bei mir – verbunden verschwindet am ehesten diese leere Schwere.
Du bist irritiert, gar empört über meine Worte: Das sei gleich zu Beginn zu direkt!
Hat es sich je gelohnt, dass man sein Herz hinter Worten versteckt?

Irgendwann

Zuletzt muss dies jeder alleine entdecken:
Den letzten unglaublichen Schrecken
beim letzten Stopp am letzten Tor
niedergestreckt und erschöpft wie nie zuvor
während sich die Seele sträubt und vielleicht noch laut oder leise schreit
denn für den Schritt durch das letzte Tor – dazu ist keine Seele wirklich bereit
bleiben doch nur noch ein Streicheln, ein Kuss und ein Flüstern nahe am Ohr:
„Bis dann" – denn nur für herzlich Verbundene bleibt etwas wie zuvor
- und sollte ich darum dereinst danieder liegen
Minuten nur noch, bis mich Erschöpfung und Vergänglichkeit besiegen
werde auch ich weiter nach dir greifen, um zu dir zu finden
und uns bis zuletzt zu verbinden
mit einem sanften: „Bis dann
ich warte auf dich – bis zu einem Irgendwann."

Alles für Momente

Alles fließt in den Momenten zusammen

       in dem ein Du und Ich sich sanft umschließen

und Seelen einander entflammen

       während sie sich lösen und ineinander gießen

denn in den Augenblicken erschaffen wir uns eine eigene Welt

       sobald wir uns behutsam öffnen und erschließen

- und kommen auch mal Zeiten

       in denen wir einander verdrießen

dann sollen sie möglichst rasch an uns abgleiten

       - oder kann es mal sein, dass wir vergessen, einander als Geschenk zu genießen?

10 Ehegebote

Wenn man langjährig Verheiratete als mögliche Experten für gute Ehen befragt

- und der Befragte dabei nicht die Augen verdreht oder leise klagt -

um zu erfahren, was zu einer gelungenen Zweisamkeit gehört

damit ein ehelicher Lebenswandel auch auf längere Sicht betört – oder nicht stört

so kann man einige Erkenntnisse gewinnen

wie ehelichen Episoden gut bis toll - oder eher mäßig - gelingen

selbst wenn solche Erfahrungsberichte sehr persönlich eingefärbt sind

und manch nettes Detail, von dem man gerne mehr wüsste, nur kurz anklingt

so lohnt es sich doch zuzuhören, was z.B. meine Frau als langjährig erprobte Begleiterin sagen würde

über so manche absehbare oder überraschende ehelichen Stolperfalle und Hürde

und so bat ich sie neulich, mir das Wichtigste zu dem Thema zu benennen

schließlich gehört sie zu denen, die sich dank herzensguter Weisheit damit auskennen

und Sie begann: „Du Schlawiner, du Schelm – als erstes muss ich dir sagen:

Jeder hat für sich ein paar Geheimnisse – selbst nach vielen Jahren denn auch bei einer langen und behutsamen Zweisamkeit

hat jeder ein paar Verstecke in seiner Seele – auch als Würze ihrer Verbundenheit

und da ist zweitens die gegenseitige Achtung ohne Bevormundung, Belehrung und Besserwisserei

denn eitles Macht- und Imponiergehabe führt rasch zu ehelicher Keilerei

die keine feine Seele gerne oder gar lange erträgt

weil so etwas nicht zu einer ebenbürtigen und liebenden Geborgenheit beiträgt

und drittens sollte man immer wieder aufeinander neugierig sein

dabei ehrlich und mit etwas Experimentierfreude - nicht nur zum Schein

und viertens ist stets ein kräftiger Vorschuss an Vertrauen mitzubringen

damit nicht bei jeder offenen Frage gleich Zweifel und Sorgen mitschwingen

zudem sind fünftens an jedem Tag Momente zarter Nähe einander zu geben

mit Berührungen und lieben Gesten – um sich spürbar anzunehmen

und sechstens ist eine ausgeprägte Selbst-Achtsamkeit hübsch, um sich selbst nett zu bewohnen

doch nicht minder braucht man eine Achtsamkeit für den anderen, um keinen Egoismus zu betonen

und siebtens ist eine mitfühlende Geduld sehr gefragt

damit man nicht als grantiger Motzer anderen am Nervenkostüm nagt

und achtens sind gemeinsame Erlebnisse, Abenteuer und stille Zeiten vorzusehen

damit muntere wie auch – gelegentlich - müde Eheleute gemeinsame Wege gehen

und neuntens sollte man nie den anderen mit ungebremstem Wortschwall niederringen

sondern - so wie ich jetzt gleich - seinen Redefluss auch mal zu Ende bringen

- und zehntens beachte ein jeder, dass man nicht immer alles aussprechen und hinter jedes Wort sehen muss

denn ein gelassener Blick und eine Umarmung führen oft zu einem netteren Schluss"

- soweit die Worte meiner Frau, wobei sie manchmal noch sagt: „Stell dich nicht so an"

weil das ein wichtiges Korrektiv – für beide - in einer munteren Ehe sein kann.

Kurzer Sieg

Nachdem die Schönheit aller Dinge im Auge des Betrachters liegt
ist Schönheit zunächst etwas, das man nur äußerlich sieht
womit es allerlei Irrtümer über die wahre Schönheit geben kann
weil mit schönen Oberflächlichkeiten so manche Täuschung begann
die dann zum Beispiel auch mal zu einer voreiligen Hochzeit führte
weil Die oder Der mit der Zeit spürte
dass hinter so mancher äußeren Schönheit Unschönes steckt
wenn eine Oberfläche Egoismus, Überheblichkeit oder Machtlust überdeckt
womit jede Schönheit so heftig wie gründlich verfliegt
sobald eine äußere Schönheit eine innere Ruppigkeit nicht mehr überwiegt.

Alters-Selbstgespräch

Was einst jung und knackig begann
endet früher oder später als wässriger oder fetter Schwamm
oder als verdorrter Ast
der leicht knackt, sobald man ihn anfasst
dazu mit Rissen und Spalten in der Haut
wie verschrumpelt und zerkaut
während die Kräfte wie Herbstlaub verwehen
bis auch die Kräftigsten gebeugt dastehen
während Verlangen und Lust vergehen
womit als uneingeschränktes Vergnügen verbleibt, sich im Café nach Kuchen
umzusehen
weil Muskeln versteifen und schrumpfen
während Lunge und Herz hektisch pumpen
öfter begleitet von chronischen Schmerzen
- manche Tage gleichen üblen Scherzen -
doch das Herz möchte dennoch jung weiterfliegen
genießen, lächeln und voller Elan lieben
wobei solches zunehmend nur noch in den Erinnerungen gelingt
und das Herz mit Vergessen, Vergänglichkeit und anderem Schwund ringt
weshalb so manch arg bedrängte Seele nach Auswegen sucht
auch wenn sie als Erkenntnis nur eine irdische Ausweglosigkeit verbucht
womit sie – ihre Grenzen akzeptierend - der Jugend nur noch still zulächelnd kann:
Auch ihr steht – schneller als gewollt – vor dem letzten "jetzt" – ohne ein weiters
„dann".

Assoziationen

Du stolzierst vorlaut herum – zeigst also reichlich Imponiergehabe
- darum passt als Assoziation zu dir: Du Küchenschabe
und du drängelst dich gerne vor mit deiner Rechthaberei
- dazu passt: Erbrochener Brei oder fauliges Ei

und für eitle Selbsterhöhung nutzt du jede Gelegenheit
- dass gleicht einem Fettkloß: Dick, klebrig und breit
und übergriffige Bevormundung betreibst du auch
- so hilfreich wie luftverpestender Rauch
und eitel gebläht willst du immer im Mittelpunkt stehen
- dazu passt: Wegsehen – oder gleich weggehen
und wie du geltungssüchtig andere bedrängst
- dass man hofft, dass du deine Aggressivität auf Andere weit weglenkst
und wie wenig Weisheit, Bescheidenheit und Zärtlichkeit zu dir gehören
- da will man dein Wirken nicht auch noch durch eigene Anwesenheit stören
und lässt dich besser die Wege deiner Herrlichkeit alleine beschreiten
- mögen sie sich woanders ausbreiten.

Banal

Diese Feststellung ist banal
dabei wichtig, nett und keineswegs fatal:
Dass man sich selber lieben können muss
sonst gibt es auch kein Geliebt-werden - oder nur dessen baldigen Schluss
denn für eine Liebe muss man diese als Vorleistung auch sich selber geben
sonst können Andere nichts von dieser wunderbaren Gabe dauerhaft erleben
um sich furchtlos zu öffnen und geborgen zu fühlen
ohne im Matsch einer sich selbst nicht achtenden Seele zu wühlen
wobei manche glauben, Liebe sei zunächst von anderen einem entgegenzubringen
sonst wolle oder könne man einander nicht gewinnen
- doch wahre Verbundenheit gibt es nur als gegenseitiges Geschenk und Gunst
und braucht neben einem Vertrauensvorschuss eine fleißige Liebes-Kunst
die sich selbst und anderen gegenüber nicht ausgebreitet auf der Straße liegt
und keinem wie verlorene Herbstblätter zufliegt
um einander tief und innig zu entdecken
mit all den schönen Möglichkeiten, die in uns stecken.

Letzte Pointe

Die letzte Pointe des Lebens ist
dass die Zeit alles, was sie gibt, auch frisst
was man zwar gerne in Bezug auf sich selbst vergisst
als ob das eigene Leben selbstverständlich eine Ewigkeit misst
obwohl man weiß, dass dies zu vergessen eine listige bis weise Selbsttäuschung ist
- denn was erkennt man schon, schaut man auf diesen letzten maßlosen Mist?
Nur dies: Der Blick schenkt keine kurzweilige Erheiterung
denn ein letztes Dunkel führt nun mal nie zu einer Horizont-Erweiterung
sondern allenfalls für die Erben zu deren Bereicherung
und deren – bei mitfühlenden Fällen – Bestürzung und Erinnerung
- weshalb es gut ist, die Momente bis dahin trotzig und munter zu gestalten:
Soll die letzte Pointe ihre Witzlosigkeit doch für sich behalten.

Selbst-Schädiger

Für der Seele Freude und Reinigung
braucht man immer wieder Lust und Befriedigung
denn anders sind Schmerzen, Langweile und Seelen-Müll nicht wegzuräumen
und da reicht es nicht, sich an Nettes zu erinnern oder vor sich hin zu träumen
- doch manche glauben, nur mit „immer mehr, höher und stärker" könne man zu
sich finden
auch wenn offensichtlich ist: Ein immer mehr, höher oder tiefer kann nicht gelingen
zumal jedes „mehr" und „stärker" schon morgen der Vergangenheit angehört
auch wenn jene, die nach immer mehr greifen, glauben, dass dies die Schönheit
eines Augenblicks nicht zerstört
weshalb so manche einem „Größten" und „Tollsten" wie getrieben nachhetzen
selbst wenn sie - statt Augenblicke ganz für sich zu gewinnen – nur ihren
Seelenfrieden verletzen.

Zögere nicht

Bitte massiere mir meine Füße, Waden und jedes Bein
schließe dabei deine Augen und lasse dich auf deine und meine Fantasien ein
denn wenn du mich von den Armen und Schultern bis zur Brust massiert
den Bauch erreichst und weiter hinab weitere Bereiche passiert
dann tue es richtig und vielleicht mit geschlossenen Augen
denn so haben wir den Mut uns mehr zu erlauben
- und nun zögere nicht – umarme mich, Augen zu und beginn:
Oder kennst du im Moment ein größeres Abenteuer mit schönerem Sinn?

Jeder – wirklich?

Jeder war mal ein Kind

dessen Leben mit der Erwartung beginnt

dass ihm ein gutes Leben gelingt.

      Und fast jeder wird mal eine alte Frau oder ein alter Mann

      der wie ein verschlissener Falter nicht mehr fliegen kann

      mit der bangen Frage: Wann …?

Und jeder will nach der Essenz seines Lebens fassen

um sich frei und sicher in sich los- und niederzulassen

- doch wie viele schaffen es, souverän in sich und anderen zu rasten?

      Und so mancher kann nur in Träumen in sich ankommen

      und bleibt ein rastlos Suchender ohne Ankunft – und die Zeit verronnen

      - wie viele andere Welten haben sich bedrängte Seelen schon ersonnen?

Und da sind jene, die mit ihrer Freundlichkeit andere beschenken

weil sie wie Engel andere mit Freude bedenken

- doch wie viele Menschen können ihr Leben so weise lenken?

      Und da sind die Verächtlichen und Arroganten

      Eitlen, Machtlüsternen, Egoisten und sonst irgendwie Penetranten

      - wie gut kann man solche Verkrüppelten von sich fernhalten?

Und da gibt es die Getriebenen und Verletzten

die dauerhaft gering Geschätzten

- wie viele gehören zu den so Gehetzten?

      Und wie vielen ist es gelungen

      sich zart zu öffnen, zu formen und nach Verletzungen zu gesunden

      - und haben so einen schönen Anfang und eine gute Heimkehr gefunden?

Begleiter

Nicht alle, die nach Jahren immer noch mit uns gehen
sind körperlich anwesend und direkt zu hören und zu sehen
denn obwohl sie schon vor langer Zeit von uns gingen
können wir in Gedanken immer noch zu ihnen finden
    denn sie gingen nie ganz fort
    mit ihren Werten, Haltungen und so manch liebem Wort
    wie auch mit ihrem Lächeln und ihrem Kummer auf dem Gesicht
    mal wie ein strahlendes und mal wie ein mühsam flackerndes Licht
und manche wie ein freudig erwarteter, andere wie ein schwieriger Gast
mit Liebes- und Lebenskunst - und manche mit einer schweren Last
womit sie uns Perspektiven und Wege zeigen – oder helfen zu vermeiden
weil sie uns als unsichtbare, doch treue Begleiter erhalten bleiben.

Träume

Schenke dir doch mal diesen Traum: Es gäbe ein unvergängliches Leben
neben und nach all den Mühen und Lasten im Leben
mit neuen, anderen Festen der Lust
überraschend oder geplant - und bitte bewusst
ausgefüllt mit liebendem Geben und Nehmen
mit Achtung, Mitgefühl und einfühlsamem Verstehen
voller Abenteuer für Körper und Geist
mit Hingabe, Freiheit und enthusiastischer Beschäftigung zumeist
wie es innig Liebende und andere Abenteurer suchen und erleben
mit einem aufsteigen und sinken, ruhen und schweben
- geformt in wunderbaren Träumen – auch wenn die immer wieder vergehen
doch: Träume sind auch dazu da, dass wir über unsere Horizonte hinaussehen.

Bereit

Es beginnt vielleicht mit zaghaften Blicken
während sich Zwei ansehen und zunicken
um vorsichtig den Zugang zum Herzen zu gewähren
und sich nach und nach einander zuzukehren
bis Zwei sich an den Händen fassen
um Bedrückendes und Unzureichendes zurückzulassen
sobald sie sanft bei- und ineinander verweilen
und manche Abenteuer, Zweifel und Ängste teilen und heilen
einander behutsam und zugleich mutig lenkend
und mit einer grenzenlosen Vereinigung beschenkend
wissend, dass sie einander nach Hause bringen
solange Liebe und Achtung ihnen gelingen
und sie einander zärtlich festhalten
auch wenn Stürme um sie herum und in ihnen walten
- und „endet" dann eine Lebenszeit
so bleibt manchen das Geschenk einer Hoffnung: „Wenn du nachkommst bin ich
für dich wieder bereit".

Nur nicht

Nur nicht stehen bleiben:

Oder willst du dich schon heute zwischen Grabsteinen einreihen?

Nur nicht erstarren:

Oder möchtest du eingeschnürt und bewegungslos verharren?

Nur nicht alles sehen:

Oder willst du ständig mit Grausamkeit, Niedertracht und Verzweiflung durch den Tag gehen?

Nur nicht alles glauben:

Sollen dir all die „luftigen" wie falschen Versprechen den Verstand rauben?

Nur nicht zu viel hoffen:

Wie viele sind schon nach zu großen Hoffnungen enttäuscht ersoffen?

Nur nicht nach „dem Größten" – außer der Liebe und Vernunft - streben:

Wie viel müsste man sonst auf dem Weg dahin anderen wegnehmen?

Nur nicht voreilig urteilen:

Weil manch rasche Urteile trotz Dummheit und Missachtung lange verweilen.

Nur nicht immer an das Ende denken:

Es lohnt sich, dem Heute alle Aufmerksamkeit zu schenken.

Und nur nicht ohne Träumereien leben:

Die schönsten und idealsten Vorstellungen sind uns auf diese Weise gegeben.

Lebenskerze

Das Leben schenkt reichlich Lust - und üble Scherze

zu betrachten wie eine brennende Kerze

die mal hell, mal mühsam mit der Dunkelheit ringt

flackert und tanzt – bis sie zusammensinkt

und rußig und rauchend ihr Ende findet

bis vom einstigen Feuer nur noch ein Dochtstumpf kündet

während daneben eine neue Kerze zu brennen und zu leuchten beginnt

und abermals mit Kälte und Dunkelheit ringt – und gegen diese eine Zeitlang gewinnt.

Trotz allem

Es ist wieder so ein Tag: Die Klobrille ist noch warm, auf die du dich setzt
und die Antworten, die du hörst, sind falsch oder täuschend glatt geätzt
oder die Fragen sind falsch gestellt und irreführend abgewetzt
zudem wird deine Zuversicht durch irreführendes Schweigen verletzt
und die grausam Kriegerischen haben sich für weitere Morde vernetzt
die Vermögens-Mächtigen im Stillen ihre Mehr-Gewinn-Messer gewetzt
und du? Hast auf Achtung, Mitgefühl und gerechten Interessenausgleich gesetzt
doch sogar im Spiel der Liebe sind manche Positionen unzureichend besetzt
also fühlst du dich mal wieder verloren, missachtet und gehetzt
- und doch lächelst du und liebst und mühst dich bis zuletzt:
Einfach, weil du dich und andere - trotz allem — achtest, liebst und schätzt.

Auch wenn ...?

Wanderer, die einen Himmel suchen und oft nur Regen sehen
neben anderen, die lustvoll balancieren, auch wenn sie im Regen stehen
      oder ermattet Sitzende, die sich aufgeben und nicht mehr aufspringen
      neben anderen, die lächeln, auch wenn nur schleppende Schritte gelingen
oder Überhebliche, die meinen, nur sie könnten eine bessere Welt gestalten
neben anderen, die bescheiden, aber liebend und heilend walten
      oder Macht-Spieler, die um ihre Geltung und Eitelkeit ringen
      neben anderen, die nicht in überheblichen Schattenspielen versinken
als auch Verlorene, die an einem Abgrund wandeln
neben anderen, deren Füße - am Abgrund sitzend – über der Tiefe pendeln:
      Wie viel Macht haben Würdevolle und Optimisten, die zueinander finden
      weil sie Lust mit Liebe und Mühe mit Gerechtigkeit verbinden?
Und darum einen sonnigen Himmel auch noch hinter den Regenwolken sehen
auch wenn sie an einem tiefen Abgrund stehen?

In Raten

Abschiede kommen oft in Raten
mit schwindendem Hoffen und wachsendem Warten
zumal wenn sich die Tage gleichförmig wiederholen
und Bewegungen, Aufstehen und Reden mühsamer werden und weniger lohnen
mit geschrumpften Erinnerungen daran, wo einst die erfrischenden Quellen waren
und wie flink und stürmisch sie einen einst mitnahmen
doch nun im Rückblick versickert und zerrieben
- so sind von den Hoffnungen immer blassere Bilder geblieben
und manche sind schon lange verflogen und vergangen:
Es ist nicht mehr wichtig, wo und wie sie einst waren und begannen
auch wenn man hofft, sie würden als schöne Quellen weiter bestehen
- doch gelassener bleibt der, der sich nicht ständig umblickt beim Vorwärtsgehen.

Gepflegter Schein

Um nicht von sich selbst und der Welt enttäuscht zu sein
bastelt so mancher an einem schönen Schein
für sich und gegen die Welt
damit ihm die Welt besser – oder überhaupt - gefällt
wobei man zwar weiß, dass vieles nur eine schöne Bebilderung bleibt
die oft nur einen erhofften Weg – oder Fluchtweg – zeigt
- zumal sich leider so mancher nicht nur Ideales und Schönes ausdenkt
sondern mit seinem schönen Schein danach strebt, dass er selbstsüchtig andere
bedrängt und kränkt -
wobei ein hoffnungsvoller Schein empfindsame Seelen gelegentlich auch nett
inspiriert
und keineswegs nur der Vertuschung dient - was keine Seele ziert
und darum kultiviere man gelegentlich auch mal einen gepflegten Schein
um durch Idealvorstellungen ein Weiser oder hoffender Narr – oder beides - zu
sein.

Lob der Gewohnheit

Mangels neuer Erfahrungen sinnlich zu hungern ist für die Seele schlecht
und darum sind auch Wiederholungen von Altbekanntem recht
um den Alltag zu beleben
und sich kleine, aber vertraute Erlebnisse zu geben
womit es sich lohnt, auch an freundlichen Gewohnheiten festzuhalten
damit Sinne und Geist nicht abstumpfen und erkalten
- doch muss man dafür manch hochfliegende Erwartung ablegen
sonst wird das nichts mit einem durch Gewohnheit angenehmen Leben
verbunden mit begrenzten Fantasien und einer gut kontrollierten Alltags-Klugheit
damit jeder Tag genug offen und zugleich sicher bleibt.

Abgrund

Du willst auch nette flüchtige Begegnungen nicht achtlos wegschmeißen?
Willst selbst bescheidene und ungeschickte Versuche gutheißen?
Möchtest Werdendes, Unfertiges und Schwaches mit Würde betrachten?
Die aktuelle oder vergangene Schönheit der Schöpfung achten
und kein noch so unscheinbares Wesen zur Seite stoßen?
Weder die übersehenen „Kleinen" noch manch nervig protzende „Großen"?
Auch wenn man sich mit so viel „Gefühlsduselei" oft wenig Achtung verschafft?
Dann kennst du den Abgrund, der zwischen Macht-, Geltungs- sowie Geldgier und
Würde und Mitgefühl klafft.

Verwandlung

Mit der Zeit wird man vom jungen Nest-Flüchter
zum alten Bett-Flüchter
denn es beginnt es mit nasser Windel, gefolgt von berauschender Kraft
bis man irgendwann keine Treppe mehr schafft
was einer wundersamen Verwandlung gleicht:
Man springt und rennt - bis man am Ende schleicht.

Körper und Seele

Mit den Jahren wird es gewiss:

Es klappern Gelenke und Gebiss

und einst lockende weibliche Geschöpfe vergleichen sich mit einer grauen Maus

keine Frisur, keine Schminke oder Lachen vertuschen noch etwas - das ist aus

und auch die stärksten Kerle werden blass, krumm und klapperig

einst gutsitzende Anzüge sind zunehmend zu groß und schlabberig

und der Lust wird nicht mehr kräftig hinterhergerannt

denn schon nach kurzem Spurt sitzt oder ruht man erschöpft im Sand

und was man früher erobert, gezeugt, erzogen und erschaffen hat

entfernt sich mehr und mehr - nur in den Erinnerungen läuft vieles noch glatt

- und doch will die Seele weiter mit Lust und Laune leben

doch mit altem Leib? Da muss das Herz dem Leben immer mehr nachsehen

als würden Schiffe von den Ufern ablegen und über den Horizont entschwinden

- nur dass die alten Seelen den Horizont nahen sehen, aber kein Ufer mehr finden -

immer weiter hinaus und abgetrieben

- was hilft da noch? Lieben und nochmals Lieben.

Liebend erkennen

Es ist schön, durch Liebe zu erkennen

oder nach einer Erkenntnis jemanden seinen Liebling zu nennen

– aber was, wenn sich keine Erkenntnis und keine Liebe zeigt?

Dann Ist zu hoffen, dass genug Kraft für einen guten Neuanfang bleibt.

Und wenn wir aus Liebe Grenzen und Schwächen sehr geduldig übergehen?

Bisweilen ist es schön und weise, liebend nicht alles zu sagen oder zu sehen.

Marktwirtschaft

Hat man in der Marktwirtschaft je die Würde des Menschen genug verstanden?

Ist eine hinreichende Theorie oder gar Praxis gerechter Entlohnung vorhanden?

Wo sind die Vorstellungen ethischer, gerechter Einkommen in ihrer Gedanken- und Handlungs-Welt

den Markt-Macht-Erpressungs- und Ausschluss-Mechanismen und Abhängigkeiten entgegenstellt

damit die Starken nicht würdelos über den Schwachen stehen

bis die Schwächeren bei Vermögen und Ansehen den Starken wie Ungeziefer aus dem Weg gehen

damit sich für einen kleineren Kreis Mächtiger eine Markt-Macht-Anbetungs- und Ausnutzungsgesellschaft entfalten kann

mit der Botschaft: Zum Wohle aller komme es auf die Achtung Schwächerer nur nachrangig an?

Wieviel trägt also unsere Ethik zu einer wahrhaftig humanen Marktwirtschaft bei?

Ist die Würde mehr als ein zufällig zusammengerührter Beruhigungs-Brei

in dem Leerformel-Begriffe wie Fairness oder Respekt zusammengerührt werden

ohne konkrete Abwägungsregeln – als Ablenkungsstrategien gegen Proteste und Beschwerden?

Bei denen oft kaum mehr als ein „kleingerechnetes" Existenzminimum übrigbleibt

gerade so viel, damit kein wirtschaftlich Schwacher nach einem Umsturz schreit

während die Achtung der persönlichen Anstrengung hinter die Belohnung von Erben und Mächtigen zurücktritt?

Verstand je die Marktwirtschaft von „Sozialem" und Würde genug für einen ethisch gebotenen Fortschritt?

Gestern und heute

Gestern jung gezeugt

heute alt und gebeugt

     gestern liebevoll beäugt

     heute den Blick und seine Folgen bereut

gestern voller Lust losgerannt

heute erschöpft oder gar ausgebrannt

     gestern Liebesbriefe geschrieben

     und heute aus dem Reich der Liebe vertrieben

gestern ein freundliches Lächeln geschenkt

heute durch ein hämisches Lachen gekränkt

     gestern hilfreiche Beziehungsnetze gestrickt

     heute in den Netzen fast erstickt

gestern von Erfolgen und Abenteuern berauschend angetrieben

heute ernüchtert und weggestoßen liegengeblieben

     gestern einen guten Ruhepunkt und Abschluss gefunden

     heute verloren und versunken

- so geht es zwischen gestern und heute hin und her

und oft hilft nur trotziges Durchhalten und Lächeln – sonst wird es schwer.

Geltungsdrang – alt und jung

So manch älterer Mann und manche Matrone

sind hinsichtlich ihres Geltungsdranges immer noch „nicht ohne"

zwar altersbedingt mit kaum noch etwas vom einst lieblichen "dies und das"

und mit den Jahren äußerlich zerknittert und dürr oder wie ein Fass

dafür aber ausgestattet mit umso mehr seelischer „Erhabenheit" und Strenge

zur Überbrückung der ohne "dies und das" entstandenen seelischen Enge

um ihr Ansehen und ihre „erhöhte" Position zu behalten oder gar zu steigern

obwohl der Jugend einstigen Reize mit den Jahren ihre Dienste verweigern

zumal der Verlust der weichen oder liebesdurstigen Hormone

zum Glauben führen kann, dass sich ein „erhabenes" Benehmen gegenüber Jüngern lohne

denn man sei aufgrund des Alters zu Belehrungen berufen

weil die Jahre lehrten, das Leben anderer besser einzustufen

was einen alten Knochen zu Besserwisserei prädestiniert

besonders wenn kein Liebreiz mehr weich stimmt, verführt und verziert

- und so benimmt sich manch Älterer und manche Matrone

als habe man nicht nur keinen Liebreiz mehr, sondern sei auch sonst „ohne"

- wobei auch manch Jüngere gegenüber Älteren unangenehm besserwisserisch sind

ohne dass die Zeit ihnen Einsicht und weise Bescheidenheit bringt.

Zuletzt: Maximales
Während man sein erstes Abenteuer - geboren zu werden - noch nicht versteht
ist es beim letzten Abenteuer - dem eigenen Untergang - umgedreht
was einem zumeist aber nur die Laune und Perspektive maximal verdirbt
weil es bedeutet, dass man stirbt und – alles? - aufgibt
wobei sich dieses Abenteuer oft über eine gewisse Zeit hinzieht
und auch nicht dadurch besser wird, wenn man nicht jedes Detail ansieht
während ein Leben wie ein altes Gebälk in sich zusammenkracht
was ein einst mühsam durch-konstruiertes Ich wütend und mürbe macht
bis es sich gezwungenermaßen taumelnd dem Abenteuer ergibt
nicht ohne heftigen Protest: Man verliert nicht gerne sein Ich, dass man so liebt
auch wenn so mancher dabei - scheinbar ergeben - in ein tiefes Schweigen abtaucht
weil es seine Seele maximal zusammenstaucht.

Nützlicher Pessimismus
Man ist gut beraten
ein taktischer Pessimist zu sein und darum stets ein Übel zu erwarten
denn auch wenn Naturkatastrophen und Gemeinheiten einen verfehlen
und andere Schicksalsschläge weit genug an einem vorübergehen
so hat der Pessimist, der Übles erwartet
den Vorteil, dass er täglich mit einem düsteren Blick auf die Welt startet
doch im Ergebnis oft das Gegenteil erfährt
was ihm im Gegensatz zu seinen Erwartungen einen angenehmen Abend beschert
womit er seine Lust und Lebendigkeit optimiert:
Weil diese Strategie jeden Tag mit einer positiven Überraschung verziert.

Zeitfracht Medien GmbH
Ferdinand-Jühlke-Straße 7
99095 Erfurt, Deutschland
produktsicherheit@kolibri360.de